転生したら第七王子だったので、
気ままに魔術を極めます
4
author 謙虚なサークル illust. メル。

ゼロフ
サルーム王国の第三王子。
錬金術に傾倒している。

アルベルト
第二王子。王位継承の
最有力候補で、優秀な魔術師。
ロイドを溺愛している。
ロイド
第七王子。気ままな立場で
あらゆる魔術を極めるべく
探求する。
ディアン
第四王子。魔剣を作るなど、
優秀な鍛冶師でもある。

シルファ
ロイド付きのメイド。
剣の達人で、ロイドを溺愛している。
ロイドの剣の師匠。
レン
毒を使うノロワレだった。
ロイドに救われ、
ロイド付きのメイドとなる。

「いらっしゃい！
いらっしゃい！
万病、怪我、体調不良に
よく効く丹薬よ！
さー
いらっしゃいあるよ！」
タオ
冒険者の少女。
イケメン好き。

「――久しぶりですね。ロイド」

「くそが！閉じ込められやしたぜ！」

グリモ
（グリモワール）

禁書に封印されていた魔人。

ロイドの右手に宿る。

ジリエル
美少女好きの天使。

ロイドの左手に宿る。

「この結界、何という強度……身動きが取れません……！」

「君は何者だ？」

Tensei shitara dainana
ouji dattanode.
kimamani majyutsu wo
kiwame masu.

転生したら第七王子だったので、気ままに魔術を極めます

4

author
謙虚なサークル
illust. メル。

転生したら第七王子だったので、気ままに魔術を極めます4

謙虚なサークル

講談社ラノベ文庫

口絵・本文イラスト／メル。
デザイン／ＡＦＴＥＲＧＬＯＷ

サルーム王国第七王子、ロイド＝ディ＝サルーム。それが俺の名だ。

以前は冴《さ》えない貧乏魔術師だったが貴族との決闘で命を落とし、何の因果かサルーム王国の第七王子へと転生した。

第七王子という事で王位には関係ないから好きに生きろと言われた俺は、これ幸いとばかりに生前資金不足で出来なかった魔術の研究に精を出している。

最近は魔術のみならず、剣術、暗殺術、気功術、果ては魔人や天使までこの身に宿すことになったのだが……まぁ魔術の道は万里に通じるというしな。

これもまた魔術を極める為には必要な事なのである。


「――よっ、と」


空間転移術式にて辿《たど》り着いたのは、サルーム王国ロードスト領。

国の南方に位置するこの地は以前人間に化けていた魔族が支配していたが、俺がその企みを事前に潰した功績で父王から貰《もら》い受けたのである。

まぁ俺が管理するのはめんど……無理なので他の者たちに任せているのだが。そして本日はそのとある施設に用があって来たのだ。

煉瓦《れんが》造りの高い塔の中へ入ると、分厚い本を読んでいた黒フードの巨体が俺に気づく。

「これはこれはロイド様、最近よく来られますね」

「やぁギタン。精が出るね」

柔らかい声と共に男がフードを取ると、様々な獣を合わせたような異形が姿を現す。

鳥の嘴《くちばし》に獣の牙、虫のような複眼……様々な生物を組み合わせたような顔を持つこの人物は、元はこの国の教皇だったギタンという者だ。

かつては教皇の身でありながら魔物と人の合成生物の研究を続けており、自身の身体すら改造するようなマッドな奴だったが、俺の浄化で悪意が完全に消失、すっかり聖人のようになっている。

「おおっと失礼、気を抜くとまたこの姿になってしまいまして……」

ギタンがポンと手を叩《たた》くと、外見がうねり老人の姿に変化した。

これはギタンの元の姿だ。変じたのは外見のみで、中身は異形のままである。

「いいよ。楽にしてくれ」

「いえいえそうはいきません。我が主の前なのですから……おおっと、尻尾が動いてしまいましたね。ははは」

ギタンの服の下はまだ完全には人型ではないようで、尻尾を振っている。

ある程度はコントロール出来るようになったらしいが、まだまだ完全ではなさそうだな。

「こ、こんにちは！　ご機嫌麗しゅう、です！　ロイド様っ！」

「あぁ、楽にしていいよラミィ」

遠くで何やらデータを取っていた女性が俺に気づいて近寄ってきた。

白衣を着たメガネの女性の名はラミィ、その上半身は人だが下半身は蛇である。

元冒険者だったラミィは、かつて悪の道に身を落としていたギタンの手に落ちこのような姿となった。

しかし今は改心したギタンと共に、二人とも元の身体に戻れるよう研究を続けている。

「二人とも、研究は進んでいるかい？」

「残念ながらあまり順調とは言えません……が、ロイド様が支援して下さるおかげで、何とか頑張れそうです！」

「そうか。二人が元に戻れる日を楽しみにしているよ」

「はいっ！　いつか必ず……」

二人の研究成果は俺に全て上がってくることになっている。

魔物と人体に対する深い研究は、俺の魔術研究にも役立つからな。

生命に対する研究というのは古くから禁忌とされており、ほとんど文献がなく、研究できる人物すら貴重なのだ。

というわけで俺は、領地を挙げて二人を支援しているのである。

「ロイド様は心を闇に落とした私を救い上げ、愛の一撃にて正気を取り戻させてくれた大恩ある方。その上このような手厚い支援までして頂けるとは……本当にありがたいことだ。私にとっては神にも等しい存在、ロイド様の為に尽くして生きねばなりますまい。そうだ、いつかロイド様を神とした新たな宗教団体を設立しましょう。かつては教皇をしていた身、ある程度のノウハウはある。ロイド様がなると決めれば明日にでも……！　おっといかんいかん。その前に研究を成就《じょうじゅ》させねば。ロイド様の側近として立つためにはこの姿は問題ですからね……！」

「はぁ、元の姿に早く戻りたい……お父さん、お母さん、心配してるだろうなぁ……でも私頑張る！　冒険者に戻って一杯稼いで、楽をさせてあげるんだから！　……そうだ、ロイド様も冒険者をやっていると言ってたっけ。パーティに入れてもらえればすっごく稼げるかも……えへへへへ、そうと決まれば早く元の姿に戻れるよう頑張らなきゃ！」

二人が何やら希望に満ちた顔でブツブツ言っている。

うんうん、やる気があるのはいい事だ。

「ところでロイド様、本日はご視察でしょうか？」

「あぁそうそう、目的を忘れるところだったよ。また材料を貰いたいんだが構わないか？

金竜の鱗《うろこ》と魔鳥の嘴、岩石王の瞳が欲しいんだけど」

「なるほど、わかりました」

ギタンが頷《うなず》き手を差し出すと、そこから俺の言った物をにょきにょきと生やした。

金色に輝く鱗に鋭い嘴、輝く瞳のような鉱石。おー、これこれ、これである。

ギタンは様々な魔物を合成した身体を持ち、部分的に特定の魔物になれるという能力を持っている。

それで腕だけを魔物化し、切り離せば手に入れ難いレア素材も取り放題というわけだ。

「いつつ……これくらいでいいですかな？」

ブチブチと身体に生やした素材をちぎり取り、俺の前へと並べるギタン。

あっという間に俺の言った量の素材が揃《そろ》った。

「助かるよ」

「お安い御用でございます。しかしこれほどの量の素材を何に使うのでしょうか？　差し支えなければお聞きしたいのですが」

「あぁ、実はゴーレムを作っていてね。その材料なのさ」

——ゴーレム、それは人の手により作られた人工の使い魔である。

古来より魔術師たちは石や泥に仮初《かりそめ》の命と自らの魔力を与え、下僕としてきた。

それに特化したものが錬金術、物体に生命を与え操る魔術なのである。

かつてギタンが行っていたのも錬金術の一端と言えるものだ。

「なるほど、ではかなりの量が入り用でしょう。使えそうなものは前もって用意しておきます」

「助かるよ」

ギタンに礼を言って塔を出ようとした時である、俺の手のひらがにょきっと口を開いた。

「しかしロイド様、今更ゴーレムなんか作ってどうするんでさ？　大抵のことは身一つでどうにもなるじゃねぇっすか」

こいつはグリモ、魔人である。

以前懲らしめて俺の使い魔とし、今は俺の手に宿っているのだ。

「愚かな魔人め、ロイド様の深慮など我々に計り知れるはずもあるまい」

今度はもう片方の手のひらが口を開ける。

こっちはジリエル。天使であり、やはり俺の使い魔である。

「誰が愚かな魔人だ、このアホ天使！」

「やるかバカ魔人！」

ちなみにあまり仲は良くない。

少しは仲良くすればいいと思うんだがなぁ。


ちなみにゴーレムを作ろうと思った理由は四つ。

まずは俺の魔術の特訓相手の為。

そこらにいる魔物では俺の相手にもならないし、人間に使うのは論外だ。

しかし超硬いゴーレムを作ってグリモ辺りに操らせれば、俺も存分に実験が出来るというものだろう。それに壊れてもそこまで問題にはならないからな。

そして次に、レア材料調達の目途が立ったこと。

実は俺も昔は錬金術に軽く手を付けており、ゴーレムなども作ってはいたのだ。

しかしガワはともかく動力部となる核の生成は非常に難易度が高く、レア素材もかなり必要となるので満足いくものが出来なかったのである。

当時は城から自由に動けなかったし、材料収集などに限界を感じたから手を引いたのだ。

だが今はギタンのおかげで材料集めは何とかなる。手詰まりになることもないだろう。

更に城の者たちの信頼を得たこと。

今までの俺の地道な活動が功を奏し、周りの皆の信頼を得たことで大型ゴーレムの作成に必須となる広い場所、多くの人、資材や資金をある程度自由に使えるようになったのだ。ゴーレム作りは規模が大きくなる程、金と場所が必要となるからな。本当に王族万歳というやつである。

そして最後の一つは……何だっけ。忘れた。まぁいいや。

ともあれこうしてゴーレム作りに踏み切ったというわけだ。

「全然地道じゃねーと思いやすがね」

「派手派手無双な活動でしたね」

グリモとジリエルが突っ込んでくるが、そんなのはどうでもいいことである。

ふふふ、せっかく潤沢な環境が使えるのだ。俺だけの最強ゴーレムを作ってやるぜ。

俺はワクワクしながら材料を手に城へ空間転移するのだった。

◇◇◇

城へ戻った俺は、早速城の敷地にある工房へと向かう。

工房といってもギリギリ建物としての体を成している程度の簡易的なものだ。

その煙突からはもうもうと黒煙が上がり、カンカンと金属を叩く音が響いていた。

扉を開けて中に入ると音は更に大きくなる。

中では何人もの職人が金属を叩いており、ムワッとした熱気が広がっていた。

やってるやってる。奥へ向かうと二人の青年が俺を迎える。

「おうロディ坊、帰ってきやがったか」

「お疲れ様です。ディアン兄さん」

槌《つち》を持ち袖をまくった、ラフな格好の方が汗を拭いながら精悍《せいかん》な笑みを向けてくる。

ディアン＝ディ＝サルーム。

この国の第四王子であり、すなわち俺の兄だ。

優秀な鍛冶師でかつては共に魔剣製作をした経緯がある。

俺のゴーレム製造計画を話すと二つ返事で協力してくれることになったのだ。

「やぁ、おかえりロイド」

「ただいま戻りました、アルベルト兄さん」

そしてもう一方、金髪イケメンの方が第二王子アルベルト。

優秀な魔術師な上、顔良し、性格良し、頭良し、という隙のなさから民衆の人気も高く、王位継承最有力候補と噂《うわさ》されている程だ。

俺をとても可愛がってくれており、こちらも俺の計画を聞くやすぐさま工房を建ててくれたのである。

持つべきものは優秀な兄だな。うんうん。

こうして今は二人の助けを借りてゴーレムの外骨格作りの最中というわけだ。

「それで、首尾はどうだったよ？」

「上々ですよ。……はいっ！」

そう言って俺は持ってきた素材を机の上にザラザラと並べる。

大量のレア素材を見た二人は目を丸くした。

「うむ、よくぞこれだけのレア素材を集めた。品質も素晴らしい」

「量も申し分ねぇ！　これならかなりの合成金属が作れるぜ！　よくやったなロディ坊！」

「ありがとうございます」

これらの素材は金属と溶かし合わせ、加工してゴーレムの外骨格となる。

外骨格はゴーレムの支柱とも言えるもの。ここが脆《もろ》ければお話にならないからな。

とはいえまだまだ細々とした部品が大量に必要なので、ギタンには頑張ってもらわねばならないな。

「それにしてもこれだけの素材を一体どこから手に入れたんだ？　ここらにはいない魔物の素材ばかりだし、いたとしてもロイドに倒せるとも思えない。まぁ最近は冒険者ギルドに顔を出しているらしいからそこから仕入れているのだろうな。これだけの品物、売り買いにもそれなりの信頼が必要なはず。ふふふロイドめ、どんどん力をつけていくじゃないか。兄は嬉《うれ》しいぞ」

「いきなり呼び出されてゴーレムを作るなんて言い出した時は単なる子供の思いつきかと思ったが、思った以上によく考えているじゃあねーか。恐らく数年間はかけた計画だったんだろう。しっかり練られてやがる。へっ、また前みてぇに一緒に物作りが出来て俺はうれしいぜ」

二人は何やらブツブツ言っている。

素材の出どころを怪しんでいるわけではなさそうだし、気にしなくていいか。

「ところでロイド、丁度ゴーレムの仮組みが出来たところなんだが見てみるかい？」

「本当ですか⁉　是非見てみたいです！」

「すげぇ自信作だ。かっけぇぞ？　腰抜かすなよ」

「はいっ！」

ついに形になってきたのか。

俺はワクワクしながら二人に連れられ、工房の奥へ向かう。

防塵《ぼうじん》シートを取った中から現れたのは、紅に輝く巨人であった。

「おお――――っ！」

無駄のない流麗なフォルム、涼しげなフェイスに凜々《りり》しく輝くモノアイ。

額には角が生え、尾骶骨《びていこつ》の部分からは長い尻尾が伸びている。

背には二本の柱が取り付けられており、その姿はまるで伝説に出てくる竜人だ。

うん、素晴らしい。俺が昔有り合わせのもので作ったゴーレムとはわけが違うな。素材の力が生きている。

思わず駆け寄り、ぐるりと見上げた。

いやー素晴らしい。いつまでも眺めていられるような惚《ほ》れ惚《ぼ》れするようなフォルムである。

目を輝かせる俺を見て、アルベルトが微笑を浮かべる。

「気に入ってくれたかい？　実はこのゴーレム、僕がデザインしたのさ」

「アルベルト兄さんが⁉」

「あぁ、美術の授業が役に立つ日が来るとは思わなかったよ。国の紋章である竜に似せてみたんだが、気に入ってくれたようで何よりだよ」

俺自身、ゴーレムのデザインにはあまり興味がなかったので機能重視とだけ言って丸投げしていたが、思った以上に良い出来だ。やはりアルベルトはすごい。

まるで美しい術式を初めて見た時のような素晴らしいデザインは、腕利きの魔術師であるアルベルトだからこそだろうな。思わず見入ってしまった。

「アル兄は忙しいのに暇を見つけてはここに来て手伝ってくれてたんだぜ？」

「はいっ！　ありがとうございますアルベルト兄さん！」

「ははは、そんな風にキラキラした目を向けられると公務の間に頑張った甲斐《かい》があるというものだ」

爽やかに笑うアルベルト。

この調子ならいいゴーレムが出来そうである。

「まぁこっちは見ての通り、順調だよ」

「あぁ、こっちはな」

ディアンが呟《つぶや》くのと同時に、どおおおおおん！　と爆発音が響いた。

ゴーレム工房の片隅にある小部屋、分厚い鉄の扉が吹き飛ぶ。

もうもうと上がる黒煙をかき分けて出てきたのは、丸メガネをかけた男だった。

髪はボサボサで伸ばしっぱなし、ひょろ長い背を曲げて無精髭《ぶしょうひげ》を生やしていた。

ゲホゲホと言いながら煙を払う男に、アルベルトは声をかける。

「大丈夫かい？　ゼロフ」

「ゲホッ！　ゲホッ！　ウェッ！　……あー、平気だアルベルト。げほっ！」

何度も咳《せ》き込みながら答えるのはゼロフ＝ディ＝サルーム。この国の第三王子だ。

様々な学問に通じており、特に錬金術師として名が知れている。

錬金術の第一人者で、サルーム王国で製造しているゴーレムには全て関わっているらしい。俺も昔、錬金術を調べる際に幾つかの資料をこっそり借りたものだ。

その時チラッとゼロフの仕事を見たが、相当の知識があるのは間違いない。

普段は自分の研究棟にほぼ引きこもっているのだが、ゴーレム製造には必ず必要になると言ってアルベルトが連れてきてくれたのだ。

ゼロフにはゴーレムの心臓部である核の生成を担当してもらっているのだ……が。

「失敗だ。強度がまだまだ足りない」

何度目かのゼロフの言葉に俺たちは顔を見合わせ、ため息を吐く。

そう、残念ながら核の生成は全くと言っていいほど上手くいっていないのだ。

作っては爆発、作っては爆発といった具合だ。


「いい加減にしろよゼロ兄。そう何度も爆破されて、作り直すこっちの身になってくれや！」

「馬鹿め、貴様がまともな強度の合金を寄越さないからこうなっているのがわからんのか。文句を言う暇があったら、もっとマシなものを作れ」

「な、な、なにぃぃぃ!? こっちだって合金は大量に使ってるんだ！　それを分けてやってんだから感謝されても文句を言われる筋合いはねぇ！」

「核はゴーレムの心臓部、最も強度が必要な部分だ。分けるなどという意識では困る。むしろ最優先しろ」

「こっちも足りてねぇんだよ！　それをガンガン壊されちゃかなわねぇんだ！　馬鹿！」

「まぁまぁ二人とも落ち着くんだ」

アルベルトが間に割って入る。

どうもディアンとゼロフは仲が悪いな。

いや、結局は材料不足が原因か。

俺たちが作ろうとしているのは巨大ゴーレム。その核は他のゴーレムとは比較にならない出力が必要なのだ。

当然それに耐えられる強度が要るわけで、ゼロフが色々試してくれているのである。

「ゼロフ兄さん、今核に使っているのはどの合金？」

「カタコント合金だ。加工に使える中では最高水準のものだが、これだけのゴーレムを動かす融合炉に使うには強度が足りない。一万回転もせずに止まってしまう。ディアンに要望を伝えてはいるが……」

「だからよ、こんな出力に耐えられる合金はねぇっつーの！　無茶言うな！」

……なるほど、要はこれより硬い合金を作ればいいのか。

合金とは複数種の物質を合わせたもの。

今までは言われた材料を取ってきていたが、ギタンの身体からは数百種類の素材が取れる。

それを組み合わせればより硬い合金を生み出せるかもしれない。

以前魔剣作りをした際に、合成に使えそうな魔術を幾つか調べておいたからな。

それらを使ういい機会かもしれない。うん、ワクワクしてきたぞ。

早速試してみるとするか。

「ん、どこへ行くんだロイド？」

「はい、こうしてても仕方ないのでまた素材を調達に行ってきます」

ともあれ俺はゴーレム工房を後にする。

さーて、ワクワクしてきたぞ。

「見ろ二人とも、こうしてる間にもロイドは自分に出来ることをただやるべく仕事に戻っているのだ。我々も見習いたいところだな？」

「……あぁ、その通りだなアル兄。すまなかったゼロ兄、ちょっとイラついててよ。カッとなっちまった。自分が恥ずかしいぜ」

「いや、吾輩《わがはい》こそ苛立っていた。感情的になるなんて学者として恥ずべき行為だ。反省せねばなるまいな。これからも協力を頼むぞディアン」

「おう！　任せときなゼロ兄！」

「うんうん、二人が仲直りしてくれて僕は嬉しいよ。握手握手」

三人がこっちを見て何やらブツブツ言ってる気がするが、工房が煩《うるさ》くて聞こえない。

まぁ俺としてはゴーレムを作ってくれさえすれば何でもいいんだけどな。

◇◇◇

かつて暗殺者ギルドに所属していたが、色々あって今は俺のメイドをやっている。

紫色の髪を短く整え、浅黒い肌にくりっとした目の少女の名はレン。

今はもぬけのからとなっているディアンの工房にて、俺は一人のメイドを呼び出した。

「というわけで、新たな合金を作ってみようと思う」

「合金……ってそんなのどうやって作るの？　ボクに手伝える事なら何でもするけどさ」

きょとんとするレンの質問に、俺は答える。

「もちろん呼んだからにはレンの能力を使うのさ」

レンの能力は自身の魔力を変換し、毒を生み出すというもの。

言い換えれば目に見えない極小の物質を操り、新たな物質を生成するということである。

すなわち、使いこなせば毒だけでなく様々な物質を生み出すことが可能だ。

現在は俺の教育により能力の幅は広がっており、一部の薬品などが作れるようになっている。

この能力を使えば、新たな合金も作り出せるはずだ。

「えぇー……無理だよ。そんなのやったことないもの」

「俺の為に何でもやってくれるんじゃなかったのか？」

「うっ……！　そ、それはそうだけど……」

レンはぐっと顔をしかめた後、諦めたようにため息を吐いた。

「……はぁ、わかったよ。わかりました。でもボクには金属の生成なんて出来ないよ？」

「レンにやってほしいのは生成じゃなく測定さ。物質理解の為に液体を舐《な》めたりするだろう？　その要領でこれらの金属の硬度を測定し、数値化して欲しい」

そう言ってレンにいくつかの金属板を渡す。

現状使っているカタコント合金より硬いものを作り出さねばならないなら、まずはその成分を数値化することが必須である。

とにかくたくさんの合金を作り、それを片っ端からレンに測定させればいい。

「その合金って誰が作るの？」

「もちろん俺だよ」

手にした素材を合わせるとパチンと火花が爆《は》ぜ、混じり合う。

錬金術『物質合成』、固体同士を混ぜ合わせて新たな物質を作り出すというものだ。

魔力消費が大きいので乱用は出来ないが、これを使えば高速で合金を作り出せる。

さて、やるとするか。いい合金が生み出せれば、他にも色々な使い道がありそうだな。

俺は机に並べた無数の素材を手に、作業に取り掛かる。


「んー、むむむ……はむはむ。ぺろり」

完成した合金はレンが撫《な》で回したり噛《か》んだりしている。

物質への深い理解を得るには味や触感、匂いなどを調べるのが一般的だからな。

ちなみに液体の構造を調べる時も同様の方法で行っている。

「ぐおおおお！　さ、三十種類だオラァ！」

「ぬぬぬ……なんの、こっちは三十一種だぞ！」

そしてこちらの方では、グリモとジリエルにも俺と同様金属の合成をやらせている。

二人は普段からライバル心剝き出しなので、競い合うように励んでくれている。

素材の組み合わせは一万を優に超えるからな。俺一人だとさすがに時間がかかる。

「……おいおい、合成速度が異常に速くねぇか⁉　こちとら三十でゼェゼェ言ってるのに、もう五百種類以上は作ってるぞ⁉」

「詠唱速度もそうだが、魔力の底がなさ過ぎる……『物質合成』は魔力消費が激しいので我々では数回発動させただけで魔力が切れて休憩を挟まねばならないというのに、ロイド様は全く手を止めていない。恐ろしい方だ……」

二人は何やらブツブツ言っている。

どうでもいいが口より手を動かして欲しいんだけどな。


それから一時間ほど経っただろうか。

ようやく全種類の合成が終わった。


「ふぅ、思ったより時間がかかったな」

一つずつ手作業で行わなければいけない大変な作業だった。

魔術もそうだが、こういった技術は地道な努力に支えられているのだな。

「全然地道じゃねぇと思いやすが……なんなら百段飛ばしくれぇの発展速度でしたぜ」

「ええ、今回の作業で錬金術の歴史を何世紀早めてしまったのやら……」

「ははは、そんな訳ないだろ」

全く二人とも大袈裟《おおげさ》である。

出来た合金の中から使えそうなものを選んだが、それでも数百種はある。

これを測定するレンは大変である。


「大丈夫か？　レン」

「多分……」

だが俺の心配をよそに、レンは集中していた。

俺が合成していた間に自分なりのやり方を見つけたようで、次々と金属に触れていく。

見ればその金属は、うっすらと溶けていた。

「なるほど考えたな。毒で溶かして成分を抽出しているのか」

「うん、液体の方がボクには慣れているからね。何でも自分の得意な分野に持っていくのは物事の基本だ。運動も学問も、魔術だってそう。だから出来ることを増やし、得意分野を高め、そこで勝負をしろ……ってロイドがいつも言ってるもんね」

得意げな笑みを浮かべるレン。

確かに言ってはいたが、それを自分で考えて実行に移せるとは大したものだ。

わかっていても中々出来ることではない。

「頭を使ったな。偉いぞレン」

「えへへー」

俺が褒めるとレンは花のように笑った。

「ともあれ、これで相当効率化出来そうだな」

「うん、任せておいてよ！」

レンは誇らしげに胸を張る。

ふむ、だがそれでも一人でやったらかなり時間がかかるだろう。

どれどれ、俺も手伝うとするか。

金属を周囲に並べ、風系統魔術『風切』を最弱にて発動させる。

錐《きり》のように鋭《と》く尖《が》った小さな竜巻が用意した金属板にゆっくりと触れ、カリカリカリカリ、と金属を削る音が聞こえてきた。

「ずいぶん弱っちぃ魔術ですな。ロイド様らしくもねぇ」

「ふむ、しかしこれは少しずつ圧を加えているようですね。何をしているのですか？」

「強度測定さ。一秒に一段階ずつ圧を上げている。壊れた時がその金属の強度限界というわけだ」

一つずつでは時間がかかるし、とりあえず風の刃を三百枚出して同時に測定していく。

しばらくするとパキン、パキンと脆い金属から割れ始めた。

「うん、だいぶ減ってきたな」

あっという間に合成金属の数は半分以下になってしまった。

そう言っている間にも次々と割れていく。

更に時間が経過し、ついにカタコント合金にヒビが入った。

どうやらこの辺りが限度のようである。

残った他の金属も時を置かずして殆《ほとん》どが砕け散る中、一つだけ耐えているものがあった。

「おっ、一つだけ残ってやすぜ」

「まだまだ割れる気配がありませんね」

「あぁ、当たりだな」

一分経過しても、その金属はまだ穴を穿《うが》たれずにいる。その後十五分ほどして、ようやく一本のヒビが入った。

数値的にはカタコント合金のざっくり七倍ってところか。どうやらカタコント合金を超える金属を見つけたようだな。

こいつは確かゴールデンスライムの粘液と黒鉛銅、赤魔粉の合成金属だっけ。

赤茶色にくすんだ金属を手に取ると、意外に軽く、そして丈夫だ。

「とりあえずこれは使えそうだな。レン、これを他のと比べてみてくれるか？」

「わかった。……うわっ！　これすごく硬い！　今までのよりぶっちぎりだよ⁉　ボクが測定した中にはこんなのなかったもの！」

どうやらレンが調べたものよりも上のようだな。

これならゴーレムの核にも耐えられそうだ。

一度、ゼロフに見せにいくとするか。

しかし皆のおかげで思ったより早く終わったな。

仲間の力は偉大である。うんうん。

「さて、一応他のも全て測定して……ってもうなくなってる⁉　あれだけ残ってたのに全部ロイド一人でやっちゃったの⁉　……はぁ、やっぱりロイドはすごいなぁ。ボクが力になれる事はまだまだ少ないや」

「あの小娘がやった分の数倍が一瞬で……俺様たちがやったのは何だったんだ。全くよぅ」

「うむ……我々の手伝いなどロイド様の一割ですらない。結局一人で十分だったのではあるまいか」

三人が何やらブツブツ言っているが、まぁあまり気にしなくてもいいか。

ともあれ作業を終えた俺は、ゴーレム工房へ戻るのだった。

◇◇◇

ゴーレム工房に戻ってきた俺はゼロフの部屋の戸を叩く。……が返事はない。

「ゼロフ兄さん、いますかー？」

声をかけるが返事もなし。

ついて来たレンと顔を見合わせる。

「いないのかな？」

「多分寝てるだけだろう……入りますよー」

そう言って俺は扉を開く。

中に入るとデータを書き殴った紙や食器類などが乱雑に積み上げられていた。

レンがあまりの汚さに眉を顰《ひそ》める。

奥に進むとベッドがあり、ゼロフが半分ずり落ちながらぐうぐうと寝息を立てていた。

「……うわぁ、こんな格好でよく寝られるね。相当疲れてたのかな？」

「毎日遅くまでやってくれてるらしい。よほど楽しいんだろうな」

気持ちはわかる。俺も研究に勤《いそ》しんでいる時はつい夜更かししてしまうからな。

新しいことをやってる時は楽しいものだ。

そして新発見の喜びは、またひとしおである。


「ゼロフ兄さん、起きてください」

肩を揺すると、ゼロフは目を開けて身体を起こす。

「んあ……なんだロイドか。くあああぁ……」

大きく伸びをすると、メガネを掛けて目を細める。

まだ眠いのか、不機嫌そうだ。

「一体どうしたのだ？」

「この合金、ゴーレムの核に使えないかと思いまして」

「なんだと？　先日お前が言ってたやつだな。だが昨日の今日で何が変わると……」

俺の渡した金属板を手に取った瞬間、ゼロフの表情が変わる。

「貸せっ！」

ゼロフは慌てて俺から金属板を奪い取ると、両手で持って力を込めたり、ベッドの角にぶつけ始める。

そうしてひとしきり感触を確かめた後、俺をじっと見る。


「……ちょっと待っていろ」

そう言い残し、部屋を出ていくゼロフ。

どうやらお気に召したようである。

しばらく待っていると、ゼロフはアルベルトとディアンを連れて戻ってきた。


「待たせたな。今さっきロイドの持ってきた合金の強度測定を行ってみたが、カタコント合金の約七倍の硬度があった。……正直言って驚いた。こんなものは見たことがない」

「全く驚いたな。新たな合金を探してくるとは言ってたが、本当に手に入れてくるとは思わなかったよ。大したものだ。流石は僕の弟と言ったところかな？」

「おいおいアル兄、ロイドは俺の自慢の弟でもあるんだぜ？　まぁともあれ、これなら文句はねぇよな。ゼロ兄」

「……あぁもちろんだ。やってみる価値はあるだろう」

「よしきた！　それじゃあ早速これを使って核を作るぜ！　……ってそういやロディ坊、そもそもこいつはどこで手に入れてきたんだ？」

「あー……」

ディアンに問われて言い淀《よど》む。

しまったな。俺が作ったと言うと無駄に目立ってしまう。

俺がやりたいのはあくまで魔術の研究。

合成やら何やらが出来ると知られると、そちらを手伝わされてしまうかもしれない。

だから出来るだけ目立たないようにしているのだが、ちょっと油断していた。

どうしたものか……そうだ。

「えーとですね。実はその合金、レンが作ったんですよ」

「ええっ⁉　ぼ、ボクがっ⁉　んぐっ！」

抗議の声を上げようとするレンの口を塞ぐ。

「えぇ、レンの能力でやってみたら出来たんですよ。びっくりしました。はは、ははは……」

以前、レンの能力についてはアルベルトと共有している。

もちろんざっくりとだ。

アルベルトには後々言い訳に使えるよう、レンは色んなものを生成する能力を持っていると言っておいた。……嘘《うそ》ではない。

「ほう、そうなのか。まだ小せぇのに大したもんだぜ」

「あ、あははは……そうでしょう。自慢のメイドですよ」

「ロイドぉー……？」

レンがすごい目で見てくる。

すまない、悪いが話を合わせてくれ。

あとで美味しいスイーツ食わせてやるから。そう小声で言うとレンは渋々といった顔で頷いた。

「それよりディアン兄さん、早速作業に入りませんか⁉」

「あぁ、大手柄だぜ嬢ちゃん。後は俺に任せときな！」

自信満々に胸を叩くディアン。

ふぅ、どうやら誤魔化せたようである。

「俺も手伝いますよ」

「おうっ！　ついてこいロディ坊！」

手伝う名目で抜け出そうとディアンについて行こうとすると、

「待つんだロイド」

アルベルトに呼び止められた。

くっ、そう易々と見逃してはくれないか。

「……どうかしましたか？　アルベルト兄さん」

「ふふふ、下手な言い訳だね。僕にはわかっているんだぞ？」

「えーと、何のことでしょう？」

ごまかし笑いを浮かべる俺の耳元でアルベルトが囁《ささや》く。

「とぼけるなって。ロイド、お前がレンちゃんに入れ知恵したんだろう？　そんな能力があったとしても、何の知識もなく狙った金属を生成出来ると思えない。有力な組み合わせを何種類か見繕い、作らせたんじゃないか？」

「……あはは、バレてます？」

「ま、お前の兄だからね。それくらいわかるさ」

ぱちんとウインクをするアルベルト。

ふぅ、バレてないようだ。ひやひやしたぜ。

入れ知恵どころか合成まで俺がやったんだけどな。

「もういいかよアル兄、行こうぜロディ坊。さっさと作業を進めてぇ！」

「おい、吾輩も行くぞ。またヘマをされてはかなわん。今度は設計段階から口を出させてもらうからな！」

「なにおう！」

「なんだ⁉」

ディアンとゼロフがまた喧嘩《けんか》を始めている。

……ん、なんかこのやり取り、最近間近でよく見ていた気がする。

「言われてるぜ、クソ天使」

「お前のことだろう、バカ魔人」

あ、ここだった。

喧嘩するほど仲がいい、という言葉を聞いたこともあるし気にするほどでもないか。

「ふふふ、カタコント合金を超える金属を生み出すとは、やるなロイド。ふむ、しかしこの新たな合金には名が必要だろう。……そうだな、ロイドとレンの名を取って、ロディレント合金ではどうだろうか。うむ、いい名じゃないか。後で錬金協会に登録しておいてやろう」

何やらアルベルトがブツブツ言ってる。

ともあれ俺は、ディアンらと核の生成に取り掛かるのだった。


「ロイド、反応石を取ってくれ」

「はいゼロフ兄さん。七番のでいいですよね？」

「あぁ、ついでに触媒液も頼む」

「そう言うと思ってもう作っておきました。どうぞ」

ディアンは核の外装を作ると言ってさっさといなくなってしまい、今は俺とゼロフの二人で核内部の生成を行っている。

核の生成作業は複雑かつ繊細さが要求されるので中々気が抜けない。

しかも俺が以前作った時と違い、相当大型のものだからな。内包成分の維持が難しいのでなおさらだ。

ゼロフが真剣な面持ちでフラスコをかき混ぜ、一つの瓶に混ぜ合わせていく。

ぐつぐつと煮えたぎる液体から青い煙が上がる。

そして煙が溶け合い、瓶の中には銀色に輝く液体が生まれた。

「ふう、完成だ」

錬金術により生成した瓶の中で揺らめく液体は正確には液体ではなく、流動する金属。

人工賢者の石と呼ばれるこの金属は、人の意思によって自在に動く性質を持つ。

これに魔力を介して命令を出すことでゴーレムの動力を得るのだ。

「お疲れ様です。ゼロフ兄さん」

「お前のおかげだ。助かったぞロイド。人工賢者の石は精製が難しくてな。特にこのゴーレムは特殊機体だ。相応のものを使う必要がある」

瓶の中の人工賢者の石は通常のものより数段純度が高い。

細かな動作を要求されるため、腕や脚のみならず指先など各駆動部にも使われているので量も必要だ。

それを失敗のたびに作り直していたのだ。

外装を作り直していたディアンもだが、ゼロフも同じくらい苦労していたのである。

「しかし以前から思ってたがロイド、お前は妙に錬金術に詳しいな」

「え？　そ、そうですか？　暇があれば図書館に入り浸っているので、錬金術の本も少し読んでいただけですよ」

「本の知識だけでこれ、か。確かに錬金術は魔術の一種、魔術師であるロイドならある程度の知識は持っていてもおかしくはないが、ロイドの知識量は異常だ。そこらの錬金術師など目ではないぞ。ロイドと力を合わせれば錬金術の禁忌にして奥義、人体錬成すらも可能かもしれないな。ふむ、ぜひとも吾輩の助手にしたいところだが……アルベルトのお気に入りのようだし無理矢理にというわけにもいくまい。だがそのうち必ず……」

ゼロフが俺を見てブツブツ言っている。

何だろう、目が怖いんだが。

——ともあれ作業は順調に進み、十日が経った。

ゴーレムの核もついに完成だ。

ディアンの作った外装にゼロフの作った核を投入、魔力を注ぎ込むと人工賢者の石が起動し、核の内部から駆動音が聞こえてくる。

どくん、どくんと血液の脈打つような音は静かで安定している。

いい感じで動いているな。これなら爆発の危険はなさそうだ。

「ふむ、時間はかかったがようやくここまでこぎつけたか。ロディレント合金のおかげだな」

「硬度も丈夫さも申し分なし、加えて加工もしやすいときたもんだ。ロディレント合金様々だぜ」

……いつの間にかすごく不本意な名を付けられているのが気になるが、それはそれ。

問題なく試運転が終わったゴーレム核は本体に取り付けられた。

ついにゴーレムの完成だ。

「おおー、ついに完成したんですね」

「これはプロトタイプだ。これから調整を行い、細かなバージョンアップを行っていく予定だが、一旦は完成と言っていいだろう」

太陽の真下、深紅のゴーレムが眩《まぶ》しく輝く。

皆がそれを見上げ、見惚《みと》れていた。


「へへっ、やったなみんな！　すげぇ出来栄えじゃねぇか！　これならどんなデケェ魔物が襲ってきても返り討ちに出来るぜ！」

「あぁ、見事なものだ。国の守護者として、これほどのゴーレムはそうあるまい。我が国の技術力を見せつけ、他国との交渉も優位に運ぶはずだ」

「これぞ技術の結晶……錬金術の最高峰たる代物だろう。なんて素晴らしい出来栄えだろうか……まさに芸術品だ」

どうやら三者三様の思惑があったようだ。

道理で快くゴーレム製造に協力してくれたと思ったよ。

……まさか俺の魔術の特訓相手を想定していたとは、とても言えないな。

「なぁアル兄、こいつに名前を付けようぜ！」

「ふむ、そうだな……ロイド、何がいい？」

「えっ⁉ 俺ですか？」

いきなりアルベルトが話を振ってきた。

「お前が言い出しっぺだろう？　それに一番の功労者だと僕は思っている」

「吾輩も異議はない。それに名前などどうでもいいしな」

「おいおいゼロ兄、名前は重要だろが！　……まぁロディ坊が名前を付けるのに異議はねえ。まぁよ、思いつかねーなら俺が考えてもいいぜ？　そうだな。キングロディとか、スーパーロイドとかどうよ？」

いや、そりゃないでしょうお兄さん。

ディアンのセンスには相変わらずドン引きだ。

隣にいたレンが吹き出しそうになるのを必死で堪えている。

流石にそれは勘弁なので、俺は必死に考える。

「そ、そういう事でしたら家名である『ディ』に守護者としてのガーディアンを足した、『ディガーディア』というのはどうでしょう？」

「ふむ、いいんじゃないか？」

「あぁ、キングロディも捨てがたいが、それもいい名だ！」

「名前など何でもいい……が、悪くはない」

ほっ、よかった。全員の承諾が得られたようだ。

「よ、よかったねロイド……キングロディじゃなくて……ぷぷっ」

レンが吹き出しそうになっている。

「あぁ、ぞっとしない名前だよ」

俺も名前なんて何でもいい派だが、流石にそれはゴメンである。


「よし、名付けも終わったし早速ディガーディアの試運転と行くか！」

「おおっ！　待ってましたぜアル兄！」

「ふむ、早く吾輩のディガーディアの雄姿を見せてもらいたいものだね」

「はいっ！　俺も楽しみです！」

ついにディガーディアが動く時が来たか。

はてさて、俺の実戦相手に使えるかどうか、お手並み拝見といくとするか。

「——感度良好、直立する」

搭乗者ゼロフの言葉と共に、ディガーディアがゆっくりと身体を起こす。

ディアンも乗りたがっていたが、魔力を流して動かすゴーレムにはそれを持たない人間が乗る事はできない。

ゴーレムは術者が魔力を流すことで中枢部の人工賢者の石に伝わり、起動する。

核内部の駆動機関が高速回転し、生み出したエネルギーをボディの隅々まで行き渡らせ、ゴーレムを意のままに動かす——と簡単に言えばこんな感じである。

ゴーレムの内部機構、そこに組み込まれた術式は小さなエネルギーをより大きなエネルギーに変換しているので、魔力の少ない者でもゴーレムが動かせるのだ。

「歩くぞ」

がしん、がしんと力強い音を立てながら、ディガーディアが前進する。

観客の兵士たちがおおーと声を上げた。

「おおーいゼロ兄、武器！　何でもいいから武器を使ってくれよ！」

「いいだろう。どこかにいい的は、と……」

きょろきょろと辺りを見渡すゼロフ。

「ゼロフ兄さーん、ちょっと待って下さーい！　……ていっ」

俺はゼロフに呼びかけると、広場に置いてある巨大な箱に『火球』を放つ。

あっという間に火に包まれた木箱が、ぐらりと動く。

バキバキと箱を破壊しながら出てきたのは、ツノの生えた巨人だ。

手足に枷《かせ》をされながら、うっとうしそうに火を振り払う。

「な、なんだありゃ⁉　魔物じゃねーか！　なんでこんなところに⁉」

「オーガです。こんな事もあろうかと、冒険者ギルドが生け捕ったものを無理を言って譲ってもらったんですよ。近隣の村々を荒らし回っていた魔物なので、試し斬りには持ってこいかと思いまして」

本当は俺が捕まえてきたんだけどな。

冒険者ギルドで討伐依頼の出ていた魔物というのは本当で、近隣の村を荒らしていたところを捕獲、眠らせて連れてきたのである。

やはり動かない岩や大木よりは、動く的の方がまともな実験にはなるだろう。

ちょっと可哀想な気もするが……いや、村を襲っていたのだから自業自得だよな。俺がやったのは間違いなくいいことである。

「おいおい、オーガっつったら魔物でも最強クラスの巨人族だろうがよ。それをたかが試し斬りの為だけに捕まえてきやがるとは……魔人ですら思いつかねぇ、悪魔じみた所業だぜ……！」

「なるほど、これは村々を破壊した見せしめなのですね。魔物であろうと民を脅かした者には容赦しない。民の犠牲に目を瞑《つぶ》る為政者の多い中、これだけ手間をかけて懲罰を与えるとは流石はロイド様、王族の鏡です」

グリモとジリエルが何やらブツブツ言ってるが、俺はこれから始まるオーガとディガーディアの戦いが気になってそれどころではない。

うーん、ワクワクしてきたぞ。

「ゴルルルル……！」

オーガは両手両足に取り付けられた鎖をジャラジャラ鳴らしながら、ディガーディアへと歩み寄っていく。

戦意満々といった感じだ。息を荒らげ、いつ飛び掛かろうかと様子を窺っているように見える。

「……ふむ、少々戸惑ったが、ロイドよ。いい的を用意してくれたな。民草に迷惑をかける魔物であれば倒してしまっても心は痛まん。思う存分、ディガーディアの力を計れるというものだ」

「ゼロ兄ーっ！　いいから敵が来てるぞー！　武器だ、武器を出せー！」

「言われずとも」

ディアンの言葉に頷くと、ディガーディアは背中の翼を前方に倒す。

オーガの方を向いた翼、その先端が眩《まばゆ》く光る。

——と、同時にごぉっ！　と光の束が放たれた。

光は尾を引きながらオーガに命中し、爆発を引き起こす。

「グォッ……⁉」

うめき声を上げよろめくオーガ。

光が放たれた翼の先端からは白い煙が上がっていた。

「ふむ、魔力砲はちゃんと機能しているようだね」

それを見てアルベルトが満足げに頷く。

ディガーディアの背に取り付けているのは魔力砲というもので、上位魔術が込められた弾丸を放つという大型武器だ。

アルベルト有する魔術研究所で開発した最新技術らしく、誰でも魔術を撃てるのがウリらしい。

だが小型化は難しいようで、とりあえずゴーレムで運用してみようと取り付けられたのだ。

中に入っているのは炎烈火球相当の上位魔術といったところか。

魔力砲が放たれるたび、轟音《ごうおん》が響き土煙が舞う。

「ガァァァァァ!!」

それでもオーガは怯《ひる》むことなく、足元に落ちていた木片を拾い向かってくる。

「オーガはクソタフな魔物だ。あの程度の魔術は構わず突っ込んできやすぜ!」

「ええ、ロイド様は手加減した火球でもあっさり気絶させていましたが、普通の炎烈火球では碌《ろく》なダメージは与えられません!」

グリモとジリエルが声を上げる中、ディガーディアは動じる様子はない。

「ふむ、接近戦というわけか。よかろう受けて立つ」

ディガーディアの手首のポケットから一本の短い筒が伸び、それを手に取る。

スイッチを押すと、シャカと鋭い音がして刃が伸びた。

剣だ。それを逆手に持ち、構える。

「ガルゥァァァ！」

咆哮《ほうこう》を上げ、木片で殴りかかってくるオーガ。

ディガーディアはそれに応じるように刃を振るう。

ぎぃん！　と鈍い音がして、刃が木片を真っ二つに切り落とした。

「よっしゃあ！　いい切れ味だぜ大魔剣！」

こっちはディアンの作った武装で、名前の通り大きな魔剣だ。

大きな刃にはそれだけ多くの強化術式が付与出来るので、攻撃力も通常のものと比べ圧倒的だ。

無論、それだけ重く使いにくくなるのでそんなものを振り回せる者はいないが、ゴーレムなら話は別である。

振り下ろされる大魔剣により、オーガの得物はあっという間に切り刻まれていく。

「グ……ァァァァァァッ！」

短くなった木片を投げ捨て、素手で向かっていくオーガ。

ディガーディアのモノアイがぎらりと光る。

一閃《いっせん》、振り払うように放たれた一撃が、オーガを真っ二つに分断した。

「ガ……ァ……⁉」

倒れ伏すオーガを振り返る事もなく、ディガーディアは大魔剣を収めるのだった。

おおおお！　と歓声が上がり、拍手も巻き起こる。

「よっしゃあ！　すげぇ切れ味だぜ大魔剣！」

「僕の魔力砲も中々いい出来のようだね。ここらの魔物で最強の一角であるオーガを怯ませられたんだからね。改良を重ねればもっとすごいものになるぞ」

「ふむ、素晴らしい動きだ。操作性、反応速度共に申し分ない。まさに最高のゴーレムと言ったところか」

三人はディガーディアの戦闘結果を見て、満足げに頷いている。

「はぁ、昔のゴーレムは石くれを積み上げて動かして、簡単な力仕事をさせるくらいしか出来ねぇしょぼいもんだったが、現代のゴーレムはとんでもねぇもんですな」

「ロイド様のお力あればこそ、だろう。天界より地上を見下ろしていたが、これ程のゴーレムを有する者は見た事がない。……どうしましたロイド様、不満そうな顔をしているようですが」

ジリエルの問いに腕組みをして唸《うな》る。

確かに、ゴーレムとしてはかなりいい出来だとは思う。

だが想定していた性能より、遥《はる》かに低いな。

ゼロフが乗っているのを差し引いても、オーガ相手にここまで手をかけているようでは当初の目的である俺の実戦相手という役目はこなせないだろうな。残念だが。

「おいおいロイドの奴、ディガーディアの性能に納得していないようだぞ」

「ったくあいつめ、これだけのもんを作っておいてまだ納得しねぇとはな。強欲な奴だぜ！」

「……やれやれ、吾輩もこれで満足する、というわけにはいかないようだな。錬金術の道は長く険しいか」

アルベルトらが何やらブツブツ言っているが、俺はそんなもの聞こえないほど落ち込んでいた。

結構時間を割いたのに無駄になってしまったな。

いやいや、落ち込むのはまだ早い。ディガーディアには数多くの魔術装置が取り付けられているし、他に使い道はいくらでもある。

そうだ。アレにも使えるよな。だとしたらもっとデカいことも……ふふふ、楽しみになってきたぞ。

機体性能が高いだけが最強のゴーレムってわけじゃあないからな。

よーし、時間を見つけて俺好みに改造しておこう。もちろんバレないようにね。

◇◇◇

そうしてディガーディア完成から数日、俺は普段通りの生活を送っていた。

「せいっ！」

凛《りん》とした声と共に振るわれる木剣をギリギリで躱《かわ》す。

おっとっと、危ない危ない。

たたらを踏む俺を目の前のメイド、シルファが微笑を浮かべ見下ろしていた。

「よくぞ躱しましたロイド様」

「……はは、少しは手加減してくれると嬉しいんだけど」

「ご冗談を。今のロイド様相手に手など抜いたら私の方がやられてしまいます。さぁどんどん行きますよ」

浅い呼吸の後、シルファは嬉しそうに木剣を振るう。

本日は日課のシルファとの剣術訓練である。

最近はゴーレム作りにかまけてて中々時間が取れなかったので、それを取り戻すように朝からぶっ続けで行われていた。

「いいですよロイド様！　その大剣も随分と使いこなせるようになってまいりましたねっ！」

「おかげ様で……ねっ！」

きん、きん、がきん、と乾いた音が広場に連続して響く。

俺が今使っているのは身の丈程もある大剣だ。

シルファのラングリス流剣術は無手から大剣まで、得物を選ばない。

今重点的に習っているのはその大剣術、どうやら俺向きらしくシルファも張り切っている。

小柄な身体で大剣を扱うと敵は狙う個所がかなり限られるし、魔術で身体強化すれば重い剣も軽々振るえるからだとか。

なるほど理には適っているな。……実は常時複数の結界を展開しているからあまり関係ないんだけれども。

「ふふふっ！　流石です！　素晴らしい剣捌《さば》きですロイド様！　もっと、もっと来てくださいませっ！」

嬉しそうに笑いながら俺の剣を捌いていくシルファ。くそう、なんとも楽しそうに戦ってくれるじゃないか。

最初の頃はシルファの動きを制御系統魔術『転写』でトレースして何とかついていってたが、最近はシルファもだんだんと手加減を止めてきたのか俺の方が追いつかなくなっていた。

仕方ないのでバレない程度に身体強化魔術と治癒魔術をかけ、ついでに体内に『気』を巡らせることでカバーしている。

……バレてないよね。

「ああっ、素晴らしいですロイド様！ もはや全く手心を加えていないにもかかわらず私の動きについてこれるとは！ 魔術だけでなく『気』までお使いになられて……やはり鍛錬の一環として冒険者をやるのは正解だったようですね。私も追い抜かれぬよう鍛錬を続けていますが、それでも差は詰まる一方。何と末恐ろしい方でしょうか。まさに剣聖の卵、そんなロイド様を指南出来てシルファは光栄でございます。ふふ、ふふふふふ……」

ブツブツ言いながら高速で斬撃を繰り出してくるシルファ。

物騒な単語がちらほら聞こえる。恐怖しかない。

「おおロイド、そこにいたか」

突如、聞こえてきた声にシルファが剣を止めた。

声の主はゼロフ。

シルファはすぐに剣を収め、頭を下げた。

俺も同じようにして剣を下ろし、呼吸を整えながらゼロフと向き合う。

助かった。ちょうど休憩したかったのだ。

「邪魔したか？」

「いえ、気にしないでください。どうしたんですか？　ゼロフ兄さん」

「実はお前に見せたい物があってな……これだ」

ゼロフが取り出したのは、一枚の新聞だった。

そこにはこう書かれている。

「えーとなになに？　――錬金術師たちの技術の粋を競い合う錬金大祭が今年も開催されます。バートラム王国にて各国の錬金術師が集まり、技術を披露し合う祭りが開かれる。様々な催し物に合わせて最大の目玉となるのはゴーレムによって行われる大武道会。巨大なゴーレムたちが雌雄を競い合う様はまさに圧巻。是非会場にてご覧あれ……ってもしかしてゼロフ兄さん、これに出るつもりなんですか？」

ゼロフはゆっくり頷く。

「うむ、すでに参加申請は行っている。先方から受理されたとの報もあった。そこで頼みなのだがロイド、お前には吾輩のパートナーとして参加してほしいのだ」

「俺が、ですか？」

「今回のお前の働きは見事という他なかったからな。……あれだけの知識と技術を持ち得るのは、この国ではお前以外には吾輩くらいなものだろう。……それに試合に出るとなればかなり目立ってしまい声もかけられることもあるだろう。その際に吾輩の代わりに受け答えをして欲しいのだ。お前は皆とうまくやっているから得意だろう？」

何という無茶ぶり、俺だって人と話すのは得意じゃないんだけどなぁ。

まぁでも、ゼロフほどじゃないか。

ゴーレム製造の時もゼロフはいつも一人で作業してたもんなぁ。

他の人と話すときは大抵俺かアルベルトが間に入ってたし。

……そう考えれば特別何かするわけでもないか。

「で、どうだ？」

「もちろん行きます！」

という訳で即答する。

ここにいたらシルファとずっと鍛錬する羽目になりそうだしな。

それに錬金術——昔ある程度やっていたが、現在は飽きたので完全に放置していた。数年たった今では新たな技術も発見されているだろう。

錬金術もまた魔術の一つ、各国の錬金術師たちが来るなら、俺の知らない知識や技術も見られるだろうしな。

それらも自分のものとして応用できるかもしれない。そう考えるとワクワクしてきたぞ。

錬金大祭か。楽しみになってきたじゃないか。

◇◇◇

そんなわけで数日後、俺は隣国バートラムへ辿り着いた。

錬金大祭間近ということで街はとても賑《にぎ》わっており、通りは沢山の人で溢《あふ》れている。

「わぁー！　すごいすごい！　お祭りみたい！」

「はしゃいで走り回るなんて、はしたないですよ。レン」

「はぁーい」

「オンッ！」

もちろん俺だけで行けるはずもなく、シルファとレン、そして巨大な白い犬……かつては魔獣だったが今は俺の使い魔であるシロも同行している。

最近はシルファもレンを認め、またレンもシルファに慣れてきたようだ。

レンも真面目だし、シルファも面倒見はいいからな。こうしていると仲の良い姉妹のようである。

「ううむ、砕けたやり取りが信頼を感じさせ、何とも尊さを感じさせますね……！　これもまた良き哉《かな》」

「ケッ、趣味の悪《わ》りぃクソ天使だぜ。やっぱり男ならハーレムこそが至高だろ！」

「貴様に趣味の悪さをどうこう言われる筋合いはない。神聖な美少女の花園に男を交ぜてぶち壊すような真似は許さんぞ、魔人風情が」

「こらこら、喧嘩をするんじゃない」

そしてこっちはいつまで経っても仲が悪いな。

なおゼロフはディガーディアと共に先に現地入りしている。

ゴーレムの搬入は時間がかかるらしく、先に入って調整を行っているようだ。

「ねぇねぇロイド、面白いものがいっぱいあるよ！」

レンに手を引かれ出店を見ると、そこには色の変わる飲み物や見たこともない食べ物が並び、巨大なシャボン玉を浮かせたりしてあちこちで客たちを驚かせている。

「ほう、全く魔力を感じないとは……なんとも不思議なものですな」

「ロイド様、我々には錬金術というものがいまいちよくわからないのですが、一体どのようなものなのですか？」

「そうだな。いい機会だから説明しよう。魔術というのは元々この世界に存在する魔力を、人がより使いやすいよう発展させたものだ。中でも錬金術は更に魔力を持たない一般人寄りの技術で、物質同士を混ぜ合わせて起こる特殊な現象などを利用したものが多い。例えば色の変わる飲み物なんかは果実などに含まれる成分を上手く配合していたり、巨大なシャボン玉は石鹼《せっけん》に砂糖なんかを混ぜたりすると割れにくかったりするんだ」

ゴーレムの仕組みも、基本は歯車仕掛けの自動人形と同じようなものだ。

ただあそこまで複雑なものとなると、術式を応用せねば簡単には動かせない。

人の持つ知識、技術、更に魔術を組み合わせたものが錬金術なのである。

その中には魔力を使わないものも多く、魔人のグリモや天使のジリエルからしてみれば、魔力も使わず奇妙な現象を起こしていると思えるのだろうな。

「なるほど、魔力が少ねぇ人間たちはそうやって諸々カバーしてるんですな」

「まぁ例外はいますが……そしてロイド様が飽きてしまったのも頷けました」

錬金術もそれなりに面白くはあったが、やはり魔術の方が楽しいからな。仕方ないことである。

それでも得た知識や経験は魔術の糧になっているけどな。

あれから数年経ったし、錬金術の発展速度は速い。俺の見たことないものもありそうだな。


「ねぇシルファ、ちょっと見ていってもいいかな？」

「もちろん構いませんとも。レンもこういうのは初めてでしょう。楽しむといいですよ」

「わーい、楽しみ！」

そんなわけで、俺たちは道すがら錬金大祭を楽しむことにしたのである。

「まずは喉を潤そう。あそこに入ってみるか」

最初に入ったのはパラソルを立てただけのカフェだ。

立て看板にはケミカルカフェと書かれており、そこで飲み物をいくつか注文する。

「お待たせしました。アルケミックドリンクΩ《オメガ》、Γ《ガンマ》、Θ《シータ》、お一つずつお持ちしました」

「ありがとうございます」

シルファが店員に礼を言い、早速ドリンクを俺たちの前に並べる。

アルケミックドリンクとやらは青、黒、緑と鮮やかな色をしていた。

「こちらの錠剤を入れれば味と色が変化いたします。ぜひお試し下さい」

店員はドリンクと共に小指の先ほどの錠剤を置く。

レンがそれを手に取り、意識を集中させていく。


「……果実を乾燥させ粉末にしたもの、かな？　食べても害のないものだと思うよ」

レンは自身の能力で俺の口に入る物を分析してくれているのだ。

毒味ならぬ毒見といったところか。外ではこうして俺が食事する前はチェックしてくれているのだ。

ま、そもそも俺に毒は効かないけどな。

「じゃあ早速試してみよう」

俺はそれを一粒摘んで、ドリンクの中に入れてみた。

するとシュワー、と音を立ててドリンクの色が青から黄色に変わっていく。

「何ともすごい色ですね。悪趣味というか毒々しいというか」

「ごくごく……ぷはっ、これはバナナ味だな」

濃厚な甘みが口一杯に広がっていく。

「こちらはキウイの風味が致しますね」

「こっちはぶどう味だよ。錠剤を一粒入れただけなのに不思議だねぇ」

不思議がっていると、店員が嬉しそうに笑う。

「ふふっ面白いでしょう？　こういうお店、他にも沢山あるから是非行ってみるといいわ」

「はい！　とても楽しみです！」

レンがペコリと頭を下げると、店員はほっこりと笑顔を返す。

「あら可愛いお嬢さん。よかったらこのチラシを持っていってね。私のおすすめのお店はチェックを入れているから」

「色々ありがとうございます」

「錬金術は難解な学問と思われがちだけど、普通の人たちにも受け入れて貰いたいという思いから開かれているのが、この錬金大祭なの。お嬢さんみたいな子が興味を持ってくれるなんて、とても嬉しいわ」

店員からチラシを受け取るレン。

なるほど、こうした祭りを開いて興味を持って貰えれば、錬金術師を志す者も出てくるだろう。

裾野が広がればより高みを目指す者も増え、盛り上がるというものである。

バートラムは鍛冶や錬金術など、技術力の高い国だ。こういう祭りなどで一般人たちにも興味を持たせることで盛り上げてきたのだろうな。


「らっしゃいらっしゃい！　世にも奇妙な、お湯を注ぐだけで出来る料理だよーっ！」

カフェを出て歩いていると、今度は禿頭《はげあたま》の男が呼び込みをしていた。

「おっとそこの利発そうな坊ちゃん、腹が減ってるんじゃないかい？　美人のお姉さんもどう？」

「そういえば少し腹が減ったかも」

街に入ってから歩きっぱなしだったからな。

レンも疲れた顔をしているし、ここらで腹ごしらえをしてもいいだろう。

「じゃあ決まりだ！　そこに座って待っててくんな！」

「……なんだか強引な人だね」

レンが呆《あき》れた顔で呟く。

まぁ腹も減ってたし、湯を注ぐだけで出来る料理というのも気にはなる。

促されるままテーブルに着くと、男は乾燥した四角い塊が入った器を持ってきた。

「はいよ、お待ちどお！　こいつはインスタントヌードルって言ってな、麺を特殊な製法で乾燥させたものだ。湯を注いで三分待てば完成するってなもんよ。まぁ見てなよ？」

男が湯を注ぐと、いい匂いが漂い始めた。

中の塊がほぐれていき、麵の形に戻っていく。

「おおー、すごいねロイド！　面白ーい！」

「うん、味はどうだろう」

早速ずずっとすすってみる……が、まずい。

シルファもレンも眉をひそめている。

「……あんまり美味しいものじゃないね」

「食べられないことはありませんが……」

味がしないし、無駄にボリュームがある。

三日も経たずに飽きてしまいそうだな。

「このようなものをロイド様に食べさせるわけにはいきません。少々お待ちください。シロ」

「オンッ」

シルファがシロの毛の中に腕を突っ込み、大きな箱を引っぱり出した。

箱の中から取り出したのは調理道具、更に日持ちする食材や調味料なども入っている。

「はっ！」

調理道具を手にしたシルファは、短く息を吐くと共に凄まじい速度で包丁を振るい始める。

鍋に乾燥肉や野菜を入れ、油で炒《いた》めたものを先刻の麺にのせると湯気と共にいい匂いが辺りに漂い始める。

「わー！　すっごく美味しそう！　流石シルファさん！」

「どうぞ召し上がってくださいませロイド様。レンも」

「うん、美味しいよ」

先刻の味気ないものと違い、こってりした味が舌を刺激する。

やはりシルファはすごいな。一口食べただけでその料理に足りないものを補ってしまったか。

「やはり麺だけでは味気ないです。肉と野菜の炒め物は炭水化物と相性がいいですからね。これらも一緒に入れれば栄養面でもマシになりますよ」

「おおう、見事な手際だぜ。……そしてなるほど、肉や野菜も乾燥させて入れればもっとクオリティを上げられるよな。しかも色々種類も出せば……うんうん、こりゃ更に売れそうだぞ！　姉ちゃんありがとよ！　お礼に料金はタダでいいぜ！」

　男は何やらブツブツ言っていたかと思うと、嬉しそうにそう言った。

「タダでいいんだってさ。なんだか儲《もう》けたね」

「あの程度の料理で金を取ろうというのが間違っています。客を実験台か何かと勘違いしているのではないでしょうか」

「錬金大祭は新しい商品の開発発表会でもあるらしいよ」

　チラシには「錬金大祭は新しい『何か』を作り出す日、多少の失敗はご容赦ください」と書かれていた。

　言われてみればチラホラ爆発音やら客の悲鳴やらが上がっているよな。

「ここバートラムを治める女王陛下の御意向もあるのでしょう。錬金大祭では兵たちが変装して店を回っており、上手く目に留まれば、大量の研究資金が貰えるとか」

「あ、さっきのおじさんも急いで店じまいしているよ」

　きっと帰って実験をするのだろうな。

　こうやって技術革新が起こっているのだろう。すごい国だな。

　感心しながらもその店を後にする。

「それにしても味の変わる錠剤にインスタントヌードルですか。軽くて場所も取らず、長期間の保存に耐える。上手く使えば兵站《へいたん》に革命を起こせそうですね」

「あー、確かに！　さっきのがあれば食べ物で困る事はなさそうだもんねぇ。味を変化させたりできるから飽きにくそう」

「それに、研究で引き籠《こ》もっているのにも使えそうだな」

研究に夢中になってる時は食事に時間をかけている暇などないし、サッと作れて腹を満たせられるのは楽でいい。

「ロイドが何考えてるか、何となくわかる気がする……」

「ロイド様、このような食事はあくまで非常用のもの。見たところ栄養分が豊富とは思えません。常食されれば身体に毒でございますよ」

「わ、わかってるよ」

何故俺の考えがわかったのだろうか。恐ろしい。

ともあれ、色々な用途に使えそうなものがあって見てて飽きないな。さてお次は……ん？

「いらしゃい！　いらしゃい！　万病、怪我、体調不良によく効く丹薬よ！　さーいらしゃいあるよ！」

どこかで聞いたような声に視線を向けると、そこにいたのはタオだ。

異国の拳法家で俺とも何度か共闘した冒険者の少女……なのだが、何故こんなところに？

俺の視線に気づいたのか、タオはくりっとした丸い目を向けてくる。

「ん、ロイドじゃない。奇遇ね」

「やぁ、そちらこそ」

俺も返事をしつつタオの元へと歩み寄る。

「それにしても何故ここにいるんだ？　今は錬金大祭、タオとは無縁っぽいけど」

「アタシの祖国でも錬金術的なものやってるね。錬丹術と言って、身体の働きを強める丹薬を作る技術よ。だからじいちゃんが作った丹薬を売りに来たある。おっと、この小さいのがじいちゃんね」

小柄な老人の後頭部をタオがぺちぺちと叩く。

タオと同じく異国装束で、もう大分歳を召しているのか頭はツルツル、顔はシワシワだ。

「ふがふが、ばあさんや。飯はまだかのー」

「んもー、チェンじいちゃん。今食べたばっかりあるよ。あとアタシはおばあちゃん違うある」

「そーじゃったかのうー」

チェンと呼ばれた老人は、のんびりした声で口をモゴモゴさせている。

……大丈夫だろうか。フラフラしているしちょっと心配になってくる。

「あはは、ちょっとボケてるけど丹薬自体はよく効くよ。これホント」

「むぅ……ちょっと見てもいいですか？」

「構わんよい。はてお嬢ちゃんはワシの孫じゃったかのー？」

「孫はこっちある！」

タオとチェンのやり取りに苦笑しつつ、レンが丹薬を一つ手に取る。

しばらくじっと見つめたあと、レンは息を呑《の》んだ。

「……この薬、すごいよロイド。見た事ない配合で作られてる！」

「ふふーん、お目が高いね。丹薬は『気』の作用を再現した薬ある。身体の内側からとっても良く効くあるよ」

嬉しそうに胸を張るタオ。

ふーん、色々と効能があるようだな。

レンの勉強に使えるかもしれないな。

「じゃあ五十個ずつくらい貰えるかな？」

俺の言葉にタオは目を丸くした。

「そんなに買ってくれるの？」

「迷惑でなければ」

本当は全部買ってもよかったけど、あまり買い過ぎても迷惑だろうしな。

「いいよいいよ、どうせ異国の怪しい薬なんて誰も買ってくれないしね。ほらじいちゃん、お礼を言うあるよ！」

「おうおう、入れ歯を取ってくれてありがとのう……」

いや、入れ歯は全く関係ないのだが。

プルプル震えながら俺の手を取るチェン。

その瞬間、チェンの細く閉じていた目がくわっと見開いた。

先刻までの様子が嘘のような機敏さで立ち上がる。


「じいちゃん⁉　いきなりどうしたある⁉」

戸惑うタオを意にも介さず、チェンは俺の手を固く握りしめている。

「ぬううっ⁉　何という『気』の奔流……体内を巡る『気』の唸りはまるで大河を彷彿《ほうふつ》とさせるようじゃ！　これほどの才の持ち主にはいまだかつて出会ったことがないわい！素晴らしい！　まさに才能の塊じゃ！」

「え、えーと……？」

いきなりどうしたのだろう。

さっきまでとはまるで別人だ。

もしかして俺を他のだれかと勘違いしているのかな。

「し、信じられないある。半年前からボケてたじいちゃんがこんなにシャキッとするなんて……ロイドの『気』に当てられた？　すごい子だとは思ってたけれど、もしやアタシが思う以上だったあるか？」

タオもまたブツブツ言いながら、何か確かめるように俺の手を触っている。

と、シルファがぴしゃりとタオの手を払いのける。

「いつまで触っているのですかこの雌猫」

「いったぁー!?　何するあるかバカメイド！」

抗議の声を上げるタオを無視しつつ、シルファはチェンへと視線を移す。

「ふむ……ロイド様の底知れぬ潜在能力に触れただけで気付くとは、この御老人、相当な使い手のようですね」

「ほっほっ、嬢ちゃんもかなりのモノを持っておるのう……」

さわり、とチェンがシルファの尻を撫でようとする。

しかしシルファもまた然《さ》る者、即座に剣の柄でガードした。

二人共速過ぎて見えなかったぞ。まさに達人という奴だろうか。

「冗談冗談。やるのう嬢ちゃん」

「御老人も。年齢を感じさせない鋭い動き、見事なものです」

シルファとチェンは朗らかに笑っているが、空気は冷たいままである。

しばらくそうしていたチェンだが、ふむと頷くと俺へと視線を移した。

「……ところで少年、我が百華拳を継いでみんか？　今ならタオを嫁にやってもよいぞい」

「じじいーっ！」

すぱーん！　とタオの平手打ちがチェンの後頭部を捉える。

タオは顔を紅潮させていた。

「何アホなこと言ってるあるかっ！　ボケじじいっ！」

「なにぃ⁉　ボケとらんわ！　さっきは寝とっただけじゃい！」

「だったら一生寝てるあるっ！」

怒号と共にタオが拳を繰り出し、それをチェンは躱して反撃。

今度はチェンの放った回し蹴りを軽く跳んで回避し、跳び蹴りを放つタオ。

達人二人の攻防を俺たちは呆然《ぼうぜん》としながら眺めていた。

「大体お前のようなお転婆を貰ってくれる相手などそうそうおらぬぞ！　今のうちから目星をつけて何が悪いか！」

「余計なお世話ある！　自分の結婚相手くらい自分で見つけるね！」

二人とも、悪口をたたき合いながらもどこか楽しそうだ。

やり取りはどんどん激しくなっていき、観客が集まり始めた。

さっきまで誰もいなかったのにな。

今度から薬売りをする時は客寄せとして組手でもすればいいんじゃないだろうか。

◇◇◇

そんなこんなで客がどんどん集まり、薬も飛ぶように売れていく。

流れでシルファやレンが手伝うことになったことで客は減るどころかどんどん増えていき、あっという間に用意していた商品は売り切れてしまった。

チェンは儲けた金で酒を買いに行くらしく、手が空いたタオは俺たちと同行することになったのである。

「別にあなたが来る必要はなかったのですが」

シルファがむすっとした顔で言う。

「ふふん、言っておくけどアタシはここには何度も来てるから道案内には自信あるよ。そのメイドよりは役に立つね」

ぱちんとウインクを返すタオ。

シルファと火花を散らしているが、案内をしてくれるというなら断る理由もない。

「タオさん、このチラシがおすすめらしいよ」

「ほうほう、中々いいチョイスね。ならこのルートを通ると人の流れにも乗れて移動が楽よ。さ、端からぐるっと回っていくある。今の時間はこっちが空いてるね。ほらほら早く！」

道案内を買って出たタオに付き従い、俺たちは人混みの中を移動していく。

言うだけのことはありタオの案内には無駄がなく、スムーズに見て回れた。

飲み食いする場所以外にも、無限に水の湧き出るという触れ込みの石や、触るだけで運気が上がるといった怪しいものもちらほらある。

「なんつーか、インチキくさいモンもかなりありやすなぁ。発展途上って感じでガチャガチャしてるぜ」

「うん、俺はそういうの嫌いじゃないけどね」

試行錯誤こそが進化の道のりだ。

学術書などには到底載せられないような怪しい実験も多数あり、試行錯誤が見て取れる。

これはこれで面白いものだな。祭りの趣旨も失敗を恐れず色々試せってことだし、ここの女王はわかっているな。

「完成品ばかりを求めていては視野が狭まり本質を見落とす……流石ロイド様、素晴らし

い お考えです」

「ケッ、おべっか使いやがってよぉ。……おっロイド様、上を見てくだせぇ。何か飛んでやすぜ」

グリモに言われて見上げると、小型の飛行物体が見える。

「むむ、なんだか変わった鳥ですなぁ」

「あれは鳥じゃない。ゴーレムだ」

高速でプロペラを回転させ、その揚力で飛行するゴーレムが編隊を組んで飛んでいる。

一体何だろうと考えていると、ゴーレムの腹がぱかっと開いてそこから何かが落ちてきた。

「何か落ちてくるよ」

「あれは……種、でしょうか」

「皆、よく見てるといいよ」

タオの声と同時に空中にばらまかれた種から芽が生えた。

それは瞬く間に蕾《つぼみ》となり、大輪の花を咲かせると、空を覆うようにゆっくりと落ちてくる。

「わぁー！　すごくきれい！」

「なんと……ばらまかれた種があっという間に花開くとは……何とも興味深いものですね」

「あれは花吹雪ね。錬金大祭の目玉の一つよ。んー、とても綺麗《きれい》ある」

レンたちが空に舞う花に見惚れている。

恐らく十分に肥料を吸わせた種子に成長薬を与え、花開く寸前でばらまいたんだろう。

上手くタイミングが取れず、種のまま落ちてきて地面で花咲くものもある。

それでもほとんどは空中で咲いている。あのタイミングを見計らうのはかなりの経験が必要なはずだ。

「いやぁ、職人芸だなぁ……ん」

感心していると、俺はふと物陰からの視線を感じた。

この群衆の中、明らかに俺のみに向けられた視線。

振り返るとそこには小さな人影があった。

――子供だ。背丈は俺と同じくらいだろうか。

フード付きの真っ白なマントの下には黒い仮面を被り、口元には薄い笑みを浮かべている。

「なんだ……？」

俺が少年に目を向けた瞬間である。

魔力の波が辺りを包み、視界が白に包まれる。

これは空間系統魔術『虚天蓋』、通常とは違う異空間に対象を閉じ込める魔術だ。

結界の中でも一風変わったもので、物理衝撃では決して破れず、こちらとは別次元であるため魔術による解除も容易ではない。

「くそが！　閉じ込められやしたぜ！」

「この結界、何という硬度……身動きが取れません……！」

二人が解除を試みるが、結界はびくともしていない。

難度の高い空間系統魔術、それをこれ程の出力で発現させるとは……この少年、かなりの使い手である。

俺が感心していると、少年はゆっくりとこちらに歩み寄ってくる。

「――久しぶりですね。ロイド」

俺の名前を知っている、だと？

ここ最近までずっと城の中にいた俺に、城外の知り合いは少ない。

そのうえここは自国《サルーム》でもないし、会ったことがあるならばこれほどの魔術師を覚えていないはずがない。

にもかかわらず全く心当たりがないとは……一体何者だろうか。


「君は何者だ?」

「……はぁ、もしやと思いましたが、やはり憶えてませんか」

俺の問いに少年は残念そうにため息を返す。

口ぶりから言って昔に会った相手のようだが、ますますもって記憶にない。

「まぁロイドは興味のない事はすぐに忘れる人ですからね。憶えてないかも、とは思っていましたよ」

くすくすと笑う少年の言葉に、俺は確かにと頷く。

「こいつ、ロイド様のことを随分よくわかってるじゃねぇっすか」

「うむ、いわゆる復讐《ふくしゅう》というやつではないでしょうか? ロイド様が幼き頃、無自覚に倒してしまった魔術師とかでは?」

復讐ねぇ。だがそんなことをされる憶えもないんだがなぁ。

俺が小さい頃は魔術の研究ばかりで外に出ることはほとんどなかったし、人に向けて魔術を使う機会なんかほとんどなかったはずである。

首を傾げる俺を見て、少年はただ笑みを浮かべるのみだ。

「まぁいいですよ。そのうち思い出していただければ。今日の所はただ挨拶に来ただけですからね」

「おいおい、人をこんな所へ閉じ込めておいてただで済むと思ってんのかぁ⁉　許せねぇよなぁ？　そう思いやすよねロイド様ぁ？」

突然、グリモが俺の手から抜け出して本来の黒羊の姿となり、少年に絡み始めた。

「喧嘩を売ってきたからには、それなりの落とし前をつけてもらわなきゃ困るってもんだぜ。ロイド様さえよけりゃあよ、自分がこのガキにちと痛い目を見せてやりやすぜ？　へへへ」

妙に絡むと思ったら、どうやらグリモはこの少年相手に戦いたかったようだ。

ふむ、俺としてもこの少年の力は気になるしな。

向こうが仕掛けてきた喧嘩だ。

グリモが望むなら戦わせてもいいかもしれない。

「好きにするといいよ」

「へいっ！　ありがとうございやす！　……くくく、覚悟はいいか？　クソガキ、この俺様が直々にぶっ飛ばしてやるからなぁ？」

バキバキと拳を鳴らしながら少年を見下ろすグリモ。

「最近まともにバトルも出来なかったから、どいつもこいつも俺様のことを雑魚扱いしてるような気がしてたんだよなぁ。ここらで一発、俺様の実力ってやつを見せてやるぜ！」

だが少年は恐れる風でもなく、ただ呆れたようにため息を吐く。

「……これは驚いた。魔人をその身に宿しているのですか。何をされるかわかったものではないというのに……全くあなたという人は、自身の身体にすら頓着が薄いようですね」

「何をごちゃごちゃ言ってやがる！　こっちを見やがれ！　テメェは今からボコボコにされるんだぜッ！」

グリモは両手を交差させ、漆黒の魔力を集めていく。

大量の魔力がはち切れんばかりに凝縮され、少年目掛け放たれる。

「喰《く》らいやがれ！　螺旋黒閃砲《らせんこくせんほう》っ！」

黒き魔力の閃光は、螺旋を描きながら少年へ直撃した。

どおおおおん！　と爆音を響かせ衝撃波がここまで届く。

「はっはー！　どうだクソガキ参ったかよ⁉　さっさとこの結界を解除しやがれってんだ」

勝ち誇るグリモだが、結界はぴくりとも揺らがない。

もうもうと上がる黒煙を払って出てきた少年は、全くの無傷だった。

「ふぅ、びっくりした。いきなり攻撃してくるんだもの」

顔色一つ変えない少年を見て、グリモは顔を歪《ゆが》める。

「ば、ばかな……俺様の螺旋黒閃砲を喰らって無傷だと……？　くそっ、無意識のうちに加減でもしたっつーのか⁉　なら今度こそ全力で……！」

再度、グリモは魔力波を放つが、それは少年の遥か手前で爆発してしまった。

「魔力障壁……！　しかもかなり分厚い！　ちぃっ！　おいクソ天使、手伝いやがれ！」

「ふむ、仕方がありません。愚かな魔人のことなど全くもってどうでも良いですが、ロイド様に仇《あだ》なす者を放ってはおけませんからね」

そう言って今度はジリエルが俺の手から抜け出て翼を広げる。

「グダグダ言ってねぇで同時にやるぞ！　合わせやがれクソ天使！」

「私に指図をするのはやめろ。合わせたいなら貴様が合わせなさいバカ魔人！」

「じゃあ好きにしやがれ！」

「そうさせて貰いましょうか！」

言い争いながらグリモとジリエルが二人同時に魔力波を放つ。

黒と白、二色の魔力波が螺旋を描き少年へと向かっていく。

なんやかんやと言いながら息ぴったりの一撃。

だが少年は眉一つ動かさず、魔力障壁にて軽々と防いでしまった。

「ば、バカな……今のは間違いなく俺様の全力だぞ⁉」

「私の全魔力を乗せた一撃をものともしないとは……ありえません！」

驚愕《きょうがく》の顔を浮かべるグリモとジリエルだが、少年は困惑しているようだ。

「……困ったな。戦いに来たわけじゃないんだけど……」

「てやんでぇ！　だったら何しに来やがったんだ⁉」

グリモの問いに、少年は微笑を返す。

「さっきから言ってるじゃないですか。ロイド、僕はあなたに挨拶に来ただけですよ」

仮面の下のその視線は、まっすぐ俺を見据えていた。

真剣な目だ。本当に俺の知り合いなのだろうか。しかし全く記憶にないぞ。

「俺に会いに、ね。だったは正面から話しかければいいんじゃないか？　いきなり結界に閉じ込めるとは随分不躾《ぶしつけ》だと思うけど」

「お供の者たちに邪魔されたくなかったですから。それにさっきみたいにいきなり攻撃されて、街に被害を出されても困りますからね。それにあなたがその気になれば、こんな結界いつでも破壊できるのでは？」

まぁ、実際その通りだけどな。

ただ俺もこの少年に興味があったので、こうして言葉を交わしていたのである。

……もしかしてこいつの目的は俺に自身を意識させること、か？　まずは顔を見せて、次合った時が本番とか。

俺の考えを肯定するように、少年は口元に指を当て、くすりと笑う。

「どうやら僕の目的も達したようですし。ここらでお暇させてもらいましょう」

「待て、お前の名を聞いてないぞ」

俺の言葉に足を止め、少年は振り向く。

「――イド、今はそう名乗っています。詮索などしなくともまたすぐに会えますよ。では」

イドと名乗った少年が腕を振るうと、白い世界が崩壊していく。

気づけば俺は雑踏の中、シルファたちの傍らに降り立っていた。

「ロイド様っ⁉　一体どこにおられたのですかっ⁉」

「心配したあるよ！」

「あぁ、ごめんごめん」

うわの空で返事をしながら、俺はイドの気配を探るが近くには見当たらない。

あの一瞬で姿を消したか。

しかも魔力の痕跡を一筋も残さず、ね。その上グリモとジリエルの攻撃すらものともしないか。

思った以上の手練れのようだな。……なんだかわからないけど、面白くなってきたじゃないか。

◇◇◇

あの後、俺たちはすぐに解散した。俺が姿を消した理由を調べねばとシルファが言い出したのだ。

俺としてもイドのことが気になってそれどころではなかったし、丁度よかった。

「それにしても一体何がどうなったのでしょう？　人が急に姿を消すとは……ロイド様も何か覚えておられませんか？」

「い、いやぁ全然記憶がなくって……気が付いたら姿が消えてたみたい、かな？」

頭を抱えて考えるフリをしつつ、誤魔化して答える。

流石にイドとのことをシルファに話すと危険な気がする。主にイドが。

「そういえばこの街にすごい魔術師がいるって話を耳にしたんだけど、シルファは知ってる？　どうやら俺と同じくらいの背格好でイドという名前らしいんだけど……」

「——イド、ですか？　残念ながら……」

「彼、もしかしたら俺の昔の知り合いかもしれないみたいなんだよ。どこかで見覚えがあるっていうか……」

もちろん嘘だが、俺の昔の知り合いならシルファが一番詳しいだろう。どこに行くにも大抵ついてきてたしな。

しかしシルファは首を横に振って答える。

「申し訳ありませんが全く記憶にございませんね。幼少期からロイド様と会話した相手は三百五十七人、そのうち同年代の少年六十二人、その中にイドという少年はいないはずでございます」

……そんなことまで憶えているのか。恐るべしシルファ。レンもドン引きしている。

しかしそんなシルファですら憶えていないということは、恐らく俺が単独で出会った相手か。

だとするといよいよ見当がつかないな。

一体何者なのだろう、そう思案しているとゼロフが読んでいた新聞を俺の前に置く。

「ロイド、お前が言っているイドというのはもしかしてこの少年ではないか？」

ゼロフが新聞の記事を指差すと、そこには俺が先刻見た仮面の少年、すなわちイドが写っていた。

そこにはバートラムのゴーレム操縦者として今回の大会にも出場するとデカデカと書かれている。

なになに……三年前に彗星《すいせい》のように現れたバートラム一の天才魔術師、今度はゴーレムファイトの覇者となる……か。

うーん、やはり記憶にないな。

三年前って言えば、確か俺が錬金術をやめて本格的に魔術に精を出し始めた頃だったか。

当時は特に引きこもって殆ど外出もしなかったし、全く接点が思い浮かばない。

「まだ子供にもかかわらず、ゴーレム製造に着手するや、その才能をいかんなく発揮。この国の錬金術を数世紀は進めたと言われている神童だよ。吾輩たちのディガーディアにもイド少年の発明した技術を多数使っており、ゴーレム操縦者としてもかなりの腕を持っている。前大会の覇者で、今大会の優勝候補の一人だな。……それでこの少年がどうかしたのか？」

「あーいや、ちょっと気になったけど、やっぱり気のせいだったかなー。あはは……」

そんなすごい人物ともしかしたら知り合いだったかも、なんて言えるはずもないので笑って誤魔化しておく。

しかし、だとしたら尚更俺が忘れるはずがないんだがなぁ。不思議だ。

「ふむ、イドとロイドは同い年くらいか。ライバル心でも芽生えたのだろうか。だとしたらいい傾向だな。ロイドが錬金術師を志すのにいいきっかけになるかもしれない。大会まではまだ日数があるし、ゴーレムの操縦法を教えてもいいかもしれないな」

ゼロフが何やらブツブツ言っているのを放置して新聞記事に目を走らせていると、フェスの目玉であるゴーレム戦の対戦表が載っていた。

トーナメント表の一番下にはゴーレムの所有国と操縦者の名が書かれており、ゼロフ駆るディガーディアは一番左端、そしてイドは一番右端だ。

「ほう、こいつは面白《おもしろ》ぇ。順調に行けば決勝は奴と戦うってわけだ」

「また会える、とはこういう意味だったのですね。普通に戦えばロイド様に勝てる者などいるはずもありませんが、ゴーレム同士となると……これはわからなくなってきましたね」

グリモとジリエルがトーナメント表を見て盛り上がっている。

俺が操縦するわけではないのだが……確かに楽しみだな。

「ふふふ、滾《たぎ》ってきたなロイド！　目指すは優勝、完璧な調整をもって臨むぞ！」

「はいっ！　ゼロフ兄さん！」

いてもたってもいられず、俺とゼロフはディガーディアの元へ駆ける。

大会までは一週間、そこから決勝まで三日間、それまでに最高の調整に仕上げてみせるぜ。

◇◇◇

どん、ぱん、どん、と空砲の音が青空に響き渡る。
ゴーレム武闘会の会場はここ、バートラム中央大広場。
周りにはゴーレムの戦いを一目見ようと多くの観客が押し寄せていた。
各ゴーレムは事前に広場に設置され、誰にも見られないよう暗幕の中で整備している。
そして本日ようやくそれが取り払われるのだ。
「すみませーん、そろそろ時間ですので暗幕を取り払いますがよろしいですかー？」
暗幕の外で声が聞こえる。
どうやら時間切れのようだ。
「わかっている。すぐに出る」
声を上げ、立ち上がるゼロフ。
時間ギリギリだが、何とか調整は完了した。
俺もまたゼロフに続き外へ出る。

うっ、久しぶりの太陽の光が眩しいな。

ずっと暗幕の中でディガーディアの整備をしていたので、光が目に沁みるようだ。

ゼロフも同様らしく、顔を顰《しか》めている。

「あー……眠いなロイド」

「ええ、でもその甲斐あって万全とも言える仕上がりになりましたよ」

「うむ、我らがディガーディアが太陽の下に現れるぞ」

係の者たちが暗幕を取り払うと、逆光を浴びながらもなお輝くディガーディアの勇姿が露わになる。

それを見た観客たちが大きな歓声を上げた。

整備には俺たちだけでなくアルベルトたちも加わり、何十回もの調整が行われた。

ピカピカに磨き上げられた機体は完璧と言える仕上がりだ。

ゼロフもまたそれを見上げ、満足げに息を吐く。

「うむ、何度見ても素晴らしいな。惚れ惚れする出来映えだ」

「ゼロフ兄さん、他のゴーレムの暗幕も取り払われるようですよ」

広場の各所で暗幕が取り払われ、他チームのゴーレムも左から円を描くように順に姿を現していく。

――雄牛のような二本角を頭から生やし、分厚い毛皮を羽織ったゴーレム。

巨大な斧《おの》と盾が勇猛な戦士を思わせる。

――長い金髪を二つに束ね、長いスカートを穿いた女の子……を思わせるような風体のゴーレム。

持っているのは杖《つえ》だろうか。何とも言えぬ異色さを放っている。

――巨大な魚を模した姿のゴーレム。

魚の口の中に顔があり、下半身はまんま魚だ。

両手に持った三つ又の槍《やり》でバランスを取っている。

しかし何故魚……地上戦が出来るのだろうか。

――巨大な翼を持ち、他のものよりも細く小柄なゴーレム。

鳥の顔面に強靱《きょうじん》な脚と鋭い爪を持っている。

もしかして飛べるのだろうか。期待大だ。

――まるで城のように巨大なゴーレム。

城壁のように組み上げられた巨岩の塊は、古典的ゴーレム像を思わせる。地面に着く程の巨腕がいかつい。シンプルに強そうだ。

——武闘家のような細身のゴーレム。

細身というか、どうも他のゴーレムと駆動系が違うように見える。

というか足元にいるのはタオとその祖父じゃないか？

一体どういうことだろう。後で聞いてみるか。

——そして、最後は獅子《しし》の姿をしたゴーレム。

黄金のたてがみとしなやかな体軀《たいく》、すらりと伸びた四肢から伸びる鋭い爪。

恐ろしく無駄のないボディバランス。かなりの機動力がありそうだ。

「……ん？」

その足元に立つイドが観客に向けて手を振ると、おおおおお！　と、今日一番の歓声が会場を包む。

「ふん、あれがイドのゴーレムってわけですかい。しかしすごい人気ですな。流石は前大会優勝者ですぜ」

「それだけでもなさそうだ。他のゴーレムと比べても、一段と出来が良いように思える。大きな口を叩くだけはあるようですね」

「おう？　あのガキ、生意気にもガンつけてやがるぜ？　舐めくさりやがってよぉ……！」

「ふむ、受けた視線を外すのは負けを認めるも同じ。我が全霊をもって応じるとしましょう」

グリモとジリエルが睨《にら》み返すが、イドは全く動じる様子はない。

というかイドは俺を見ているだけのようだ。

自分のゴーレムを見せつけて、どうだ？　とでも言いたいのだろうか。

確かにいい出来だが俺のディガーディアも負けてないぞ。

俺の意を悟ったのか、イドはまた微笑を浮かべる。

——決勝で会いましょう、そう言った気がした。


「やれやれ、ずいぶんと余裕そうだねぇ？」

すぐ横から声がした。

貴族風の男が俺とディガーディアを見て鼻で笑う。

「私はルゴール、君たちの初戦の相手だ。君のそのゴーレム、確かにかなり強そうだが……私のマギカミリアには強さも美しさも到底及ばないな。ま、せいぜい引き立て役として頑張ってくれたまえ！　はーっはっはっは！」

高笑いをしながら去っていくルゴールとやら。どうやらあれが女型ゴーレムの操縦者のようだ。いい趣味してるな。

ともあれイドとのゴーレムバトル、楽しみである。

◇◇◇

『おおーっとぉー！　マギカミリア吹き飛ばされたーっ！』

司会が声を張り上げるのとほぼ同時、マギカミリアが地面に叩きつけられた。

土煙がもうもうと立ち昇る中で膝を突くマギカミリア。立ち上がろうとするが各部から蒸気を噴き出すのみで、満足に動けないようだ。

魔力砲を携えたディガーディアがそれを見下ろしていた。

『強い！　強い強い強ーい！　圧倒的です！　強いぞディガーディア！　マギカミリアを全く寄せ付けず――――っ！』

司会の言葉の通り、試合は一方的だった。

開幕早々放たれたディガーディアの魔力砲一撃で相手はよろめき、何とか前進しようとするも連続射撃に耐えきれず、あっという間に押し込まれてしまったのだ。

うーん、魔力砲のカートリッジに込めたのはただの上位魔術だったんだけどな。

もしかしてマギカミリアはかなりの紙装甲なのではなかろうか。

「ふむ、いい感じだね。ゴーレム戦にも十分耐えられるようだ」

「いよぉーし！　いいぞゼロ兄！　そのまま押し切っちまえ！」

アルベルトとディアンはディガーディアの活躍を見て喜んでいるようだ。

反対に向こうのチームは完全に意気消沈している。

無理もない。ゴーレム製造は相当の時間と手間、金がかかるからな。

それが初戦敗退、しかも手も足も出ないとあれば落ち込みもするだろう。

だが一人、まだ諦めていない者がいた。

「ま、まだだ……まだ負けたわけではない……っ！」

マギカミリアの搭乗者、ルゴールが声を上げた。

ちなみにゴーレムには拡声器が取り付けられており、搭乗者の声は会場に伝えられるようになっている。

手にした杖をくるりと回し、ディガーディアへと向けた。

先端に取り付けられた宝石がまばゆく輝く。

「震えろ大地、起これ岩盤、喰らうがいい！　『震撃岩』――」

どおおおん！　と大爆発が巻き起こる。

魔術を使おうとしたようだが、それよりも魔力砲の方が速かったようだ。

マギカミリアの頭部が破壊され地面に落ちると、もう一度歓声が上がった。

『ああ――っと！　反撃実らず――っ！　頭部を破壊されたゴーレムは敗北とみなされます！　よってゴーレムファイト記念すべき初戦の勝者は――ディガーディアあーんど、ゼロフ選手――っ！　皆様拍手で称えてくださいっ！』

わあああああ！　と大歓声に包まれるディガーディア。

そのままゆっくり、待機場所へと戻るのだった。

◇◇◇

「ゼロフ兄さーん！　どうして降りてこないんですかー？」

試合が終わっても、ゼロフはディガーディアから降りてこない。

呼び続けると、装甲板が少しだけ開いてそこからゼロフが顔を覗《のぞ》かせる。

「お前の出番だロイド」

首を傾げていると、高笑いが聞こえてきた。

「はーっはっはっは！　中々やるじゃあないか」

「？」

ルゴールだ。一体何の用だろうか。

「互いに健闘を称え合おうじゃないか。しかし勝負は時の運、今回は君たちに勝利の女神が微笑《ほほえ》んだようだね！　次は負けないよ！」

右手を差し出し、ぱちんとウインクをしてくる。

俺は少し呆気《あっけ》に取られながらも握手を返した。

「おいおい、こっちがラッキーで勝ったみてぇな言い草だぜ。ふざけた野郎だ」

「逞《たくま》しいというかなんというか……手も足も出なかったのを忘れているのでしょうか」

グリモとジリエルが苛立ったように呟いている。

ゼロフの言ってた出番とは、試合が終わって話しかけてくる人の相手をしろってことか。

別にそれは構わないけど、俺がディガーディアの搭乗者だと勘違いされている気がする。

「君は私に勝ったのだ。必ず優勝してくれよな。頼んだぞ！　だがこれで負けたわけじゃない。次は必ず私が勝ってみせる！　だからそれまで負けるんじゃないぞ！　では君たち

の健闘を祈る！　はーっはっはっは！」

高笑いを残し、ルゴールは去っていった。

どうでもいいが戦ったのは俺じゃなくゼロフだぞ。

「ディガーディアの搭乗者さんですね！　ぜひインタビューをお願いします！」

「私はサインを！」「僕も僕も！」

げ、やばい。めちゃくちゃ来た。そりゃゼロフも面倒がるわ。

とはいえ放置するわけにもいかず、俺は近づいてくる人たちに受け答えするのだった。


「ハオ、すごいゴーレムだったね。ロイド」

次の試合が始まって一休みしていると、タオが手をひらひらと振りながら声をかけてきた。

「やあ、タオも参加してたんだね」

「そのつもりはなかったんだけど、じいちゃんがね」

タオは大きなため息を吐き、言葉を続ける。

「だいぶん前から故郷の練丹術師たちと作ってたらしいよ。で、何故かアタシが乗ることになったある」

ちらりと目線を送った先、細身の異国風ゴーレムの足元にはタオの祖父と共に数人の老人たちがいた。

俺たちの方へ向かって大きく手を振っているのを見て、タオはもう一度ため息を吐いた。

「ま、チェンじいちゃんの友人にはアタシも世話になったからね。老い先短い老人たちへの冥途の土産ってやつよ。やれやれ、我ながらお人好しある」

「触ってみてもいいかな？」

「興味あるあるか？　好きにするといいね」

お言葉に甘えて触らせてもらうとしよう。『鑑定』を使い、中の構造をじっくり見させてもらう。

……ほうほう、俺が昔作ったゴーレムとよく似ているな。

ゴーレムらしい機能性重視というよりは、人の形を極限まで模しており、骨や筋肉のみならず臓器なども人間と同じように存在するようだ。

「人造気操決戦兵器、ラオカンフー。チェンじいちゃんが先頭に立ち、何年か前から建造していたらしいね。ゴーレムファイトを見て、いつか自分たちの国のも、って考えたらしいよ」

「気で動くゴーレムか。面白いな」

なるほど、だから人体を模した形なのか。気は呼吸を通して全身に力を上手く流すことで力とする技術。

気は金属などの無機物よりも、木や布などの有機物の方が流れやすかったはず。

それらの部品を使っているからこそ、あんな細身でも動かせるんだろうな。

「脆そうだと思ってるでしょう？　確かに生木や蜘蛛《くも》の糸などで作ったラオカンフーの強度は高くない。でもとても動かしやすいよ。先日乗ってみたけど、まるで自分の身体を動かすような操作性だったある」

「へぇ、それはすごい」

ディガーディアはモロに人形を動かしてる感覚だったからな。

細かい動きは難しいのだ。タオとほぼ同じ動きが出来るゴーレム……相当強いだろうな。

「ふふん、わかったあるか？　そんなわけだからロイドとは一応ライバルね。決勝まで負けたらダメよ」

「うん、タオも頑張って」

タオはぐっとガッツポーズをし、俺と拳を合わせる。これまた強力なライバル出現ってところだな。

◇◇◇

試合は順調に進み、次々と勝敗が決まっていく。

勝者がいれば当然敗者も生まれる。

負けた者たちは悔しさに目を濡《ぬ》らしながら、破壊されたゴーレムを片付けていた。

それを見ていたグリモがぽつりと呟く。

「うーむ、なんだか可哀そうな気もしやすね。どのゴーレムも相当の力作だ。製造にはとてつもない苦労があったでしょうによ……」

「そうかな？　彼らは楽しんで作っていたと思うよ。それに製造を通して多くの技術が体系化できただろうし、新しい知識を得ることもかなりあっただろう。手間暇かけた分はちゃんと自分たちに返ってくるんだから、別に無為な苦労ってわけでもないさ」

楽しんで思いっきりやったのだから、彼らも悔いはないはずだ。

壊れたとしても、そこから学べることは多いだろうからな。うんうん。

「流石はロイド様、その心意気こそが日々の努力と研鑽《けんさん》を可能にしているのですね」

別に特別なことは言ってないと思うんだけどな。

そんな話をしていると、ルゴールが手を振りながら近づいてくる。

「やぁロイド、楽しんでるかい？」

満面の笑みを浮かべながら、俺の横に腰を下ろした。

「いやぁーほんとゴーレムファイトは心が滾《たぎ》るねぇ！　時間が経つのがあっという間だよ！　ほらほら見たまえロイド、キングフィッシャーの巨大尾びれでの一撃、見事なものだぞぅ！　だがギガルークの城壁鎧《じょうへきがい》もさるものだ。あれに耐えるとはなぁ！　くぅー、我がマギカミリアも彼らと戦いたかったなぁー！」

ルゴールはゴーレム戦をとても楽しそうに見ている。

どんな時でも落ち込まず、全力で楽しめる人間は強い。

きっと先日の負けすらも次への糧にしているだろう。

「うん、すごく面白い。しかしギガルークか。あれだけの質量を持つゴーレムをどう動かしているんだろうか？　核の出力がそれほどとも思えないんだけれど」

「ふふふ、出力はもちろん大事だが、少ない力でより大きな力を生み出す歯車を上手く使えばパワーは補塡できるのさ。あの城壁の身体の中はきっと歯車だらけだろう」

「そうかな？　歯車だけであれほどの質量を動かすのは無理がある。何か他の技術をつかっているんじゃないかな？」

「ふむ……確かに一理ある！　ではロイド、あの搭乗者に話を聞いてみようじゃないか！

ちょうど試合も終わったようだ！」

「そうだね。俺もあの魚ゴーレムから聞きたいことがあるし。あの尾びれの破壊力、どう出力しているのか気になる」

いやー、最近のゴーレムは進んでるなぁ。

来てよかったよ。本当に。

ゴーレム談議で盛り上がっていると、向こうの方で大歓声が上がった。

『お待たせしましたぁー！　本日最終試合、イド選手駆るレオンハート vs. タオ選手駆るラオカンフーの戦いが、始まりまー――すっ！』

司会の声で俺は立ち止まる。

おっ、もうイドが戦うのか。そういえば相手はタオだっけ。

これは見逃せない戦いだぞ。

「ちょっと向こうを見てくる。ルゴールは彼らに話を聞いてきてよ」

「ふむ、マイフレンドの頼みなら仕方あるまい。ではロイドは試合をしっかり見ていてくれたまえ！」

いつの間に友達になったのだろうと思いつつ、俺は広場の方へ向かう。

むぅ、注目の試合だけあって観客が多いな。

これじゃあ見れそうもないぞ。

「神聖魔術で洗脳し、道を開けさせますかロイド様？」

「このバカ天使、んな事したら目立ちすぎるだろうが！　ロイド様、普通に魔術でぶっ飛ばせばどうですかい？」

「その方が目立つだろクソ魔人！」

二人の掛け合いを聞き流しつつ、どこかいい場所はと探しているとどこからともなくシルファが現れた。

「ロイド様がそろそろいらっしゃるかと思い、お迎えに参りました。最前列の場所を確保しておりますので行きましょう」

「流石、気が利くねシルファ」

「恐悦至極にございます」

恭しく頭を下げるシルファに連れられ、俺は人だかりの最前列へと向かう。

「おっ、来たかロイド」

「おせーぞロディ坊、さっさと隣に来い」

「はい」

俺は招かれるまま、アルベルトとディアンの間に腰を下ろす。

対峙《たいじ》する二体のゴーレムを固唾を呑んで見守る観客たち。

張り詰めた空気の中、試合が始まろうとしていた。


試合会場の周囲には観客に被害を及ぼさぬよう強固な結界が張られており、その中心では二体のゴーレムが睨み合っている。

期待、高揚、興奮、熱狂、そんなざわめきの中、司会が声を響かせる。

『さぁさぁ皆様お待たせいたしました！　あっという間に本日最終試合、トリを飾ってくださる両選手を改めて紹介いたしましょう！　まずは虎の方角をご覧ください。バートラム王国が誇る金獅子《きんじし》、レオンハートォォォォ！』

どおっ！　と大歓声が鳴り響く。流石の人気だ。

司会は歓声が収まるのを待った後、今度は反対側に手を挙げる。

『そして竜の方角！　何とも珍しい異国のゴーレム、ラオカンフー！　他のゴーレムとは一線を画するスリムな朱色のボディ、その全身に描かれた龍《りゅう》の絵が何ともエキゾチックです！　武道家のような見た目からは身軽な動きが予想されますが、はたしてはたしてーっ！　こちらも期待大だ――っ！』

客席の一角、タオの祖父たちがしわがれた声援を上げている。

タオは困り顔でラオカンフーに乗り込んだ。

他の歓声はまばらに起こるだけ。客席の雰囲気は明らかにイド優勢だった。

ラオカンフーは見るからにイロモノ、しかも相手がイドでは無理もない。

とはいえ簡単に倒されるようなタオではないだろうし……うーんこの戦い、目が離せないな。

「ついにイドの試合か。しかも相手がタオとはね。二人がどんな戦いを見せてくれるか、とても楽しみだ」

「おいロディ坊、どっちと当たるかわからねぇんだからよ。しっかり見ておけよな！」

「はい！」

アルベルトとディアンも楽しみにしているようだ。もちろん俺もである。

レオンハートとラオカンフー、二体のゴーレムが一歩前へ出る。

どうやら双方とも準備万端のようだ。

『さぁ！　さぁさぁさぁ！　二体とも準備はいいようです！　それでは皆様、刮目《かつもく》してくださいませ！　今両ゴーレムが戦闘態勢に移りました――――っ！』

客席の盛り上がりは最高潮を迎えていた。

静まり返る一瞬、司会は右手を高く掲げる。

『では両者、構えて、構えて、構えてぇ……始めぇっ！』

そして、掲げていた右手を振り下ろす。

同時にラオカンフーが地面を蹴った。

『最初に仕掛けたのはラオカンフー！　お、おおーっ⁉　なんという速さでしょうか！　凄まじい速度でレオンハートに向かっていくぞーっ！』

その速度に客席からも驚嘆の声が上がる。

ラオカンフーの速度は今までのゴーレムとは比べものにならないほどだ。装甲が薄い分、あれだけの速度が出せるのもあるだろうが、それにしてもまるで人間のようなしなやかな動きだ。ゴーレムとはとても思えないぞ。

滑るような動きでレオンハートの眼前に迫るラオカンフー。

「先手必勝ある！」

その流れで裏拳――と見せかけてのしゃがみ込みから繰り出される足払い。

流れるような一連の動きに歓声が上がる。

レオンハートからは姿が消えたかのように映ったはずだ。やるなタオ。

あの連撃の速さ、そして無駄のなさ。タオと同等に近い動きが出来るというのは本当のようだな。


「チェスト――」

裂帛《れっぱく》の気合と共に繰り出される一撃は、しかしむなしく空を切った。

無防備なラオカンフーの頭上には宙を舞うレオンハートの姿。

『ああっと、しかしジャンプ一番、レオンハート跳んで躱しているーっ!』

あの攻撃を初見で躱すとは。

しかもあの回避、反撃にも繋《つな》がっている。

レオンハートはラオカンフーに向け、鋭い前爪を振り下ろす――

「く……っ！」

――かに思えたが、レオンハートは何もせず防御の姿勢を取ったラオカンフーの横にそのまま着地した。

その場の全員が何故？　と思ったのだろう。客席も静まり返っていた。

「……どうして反撃してこなかった？　わざと……？　はっ、アタシもナメられたものね」

ラオカンフーは身体を落とし、拳を突き出して構える。

それは普段のタオの構え、そのものだ。

構えだけでなく、遠目に見てもわかるほど機体の隅々に気が充足している。まさに本気というワケか。

「――いくよ」

宣言と同時に、ラオカンフーが駆ける。

先刻よりも更に速い。

気を満ちさせることで更に能力を増すか。

ラオカンフーは稲光のような鋭い動きでレオンハートの背後に回り込む。

「はあああああっ！」

高速で繰り出される掌底、だがそれもまたすんでのところで躱される。

それでもラオカンフーの動きは止まらない。

掌底から下段蹴り、貫手、肘打ち、回し蹴り、流れるような連撃がレオンハートを襲う。

『速い！　速い速い速い速――――い！　ラオカンフーすさまじい連続攻撃です！　レオンハート手も足も出ずーっ！　これは予想外、一方的な展開ですっ！』

司会もまたラオカンフー有利を高らかに叫ぶ。

予想外の展開に観客席は大盛り上がりだ。

「おおっ！　あのガキ押されてやすぜ！　偉そうなこと言ってやがったが、案外大したことはないですなぁ」

「しかし不気味だ。何故奴は反撃をしないのでしょう？」

そう、ジリエルの言う通り、レオンハートは全く反撃をしていない。

ラオカンフーの連撃は確かにすさまじいが、レオンハートなら反撃をする隙の一つや二つあるはずだ。

「ふざけてるか！　何故攻撃をしてこないね⁉」

その違和感を一番感じていたのはタオなのだろう。攻撃を繰り出しながらも声を荒らげた。

しかしレイドは平静そのものといった声を返す。

「……僕はね、ゴーレムが好きなんだ。君のゴーレム、一見ゲテモノに見えるけど、その実とても作り込まれた傑作だ。少し見ただけでわかるほどに作り手の愛情が伝わってくる。……だから壊したくないんだよ」

「だったらどうしてこんな大会に出てるある⁉　好きなら自由に愛《め》でてればいいね！」

「スポンサーの意向でね。雇われの辛いところだよ。……それに、戦いたい相手もいる。出来ればギブアップしてくれると助かるんだけどね」

「はっ、冗談！　こっちもようやく火がついてきたところよ！」

タオの言葉と共にラオカンフーが力強く地面を蹴る。

土煙が爆発したように立ち昇り、ラオカンフーの姿が消えた。

本日一番の速さ。すごいな。先刻よりもまだ速くなるのか。

しかもいつの間にか、レオンハートは張りめぐらされた結界の角に追い詰められている。

『凄まじい速度でラオカンフーが迫るーっ！　レオンハート逃げ場がないぞぉ――――っ⁉』

動けぬレオンハート、決着を煽《あお》る解説、観客席からは息を飲む声が聞こえてくる。

「もらったね！」

くるん、と一回転し、繰り出される必殺の飛び蹴り。

躱す場所はない。喰らうしかない。

皆がそう思った瞬間である。

イドの含み笑いが聞こえた気がした。

「速さに自信ありといったところか。確かに素晴らしい機動性だよ。——だが相手が悪かった」

そう呟いた直後、レオンハートの姿が消えた。ラオカンフーの蹴りは空を切り、たたらを踏みながらも着地する。

「……っ⁉　ど、どこいったあるか⁉」

左右を見渡すラオカンフー、しかしレオンハートの姿は見えない。

正確には僅かな残像を残すほどの高速移動をしているのだ。

『は、速い！　速過ぎます！　これがレオンハートの本気なのでしょうか⁉　ラオカンフーも速かったですが、全く比較になりませ――――ん！』

「ふっ！　はっ！　やああっ！」

ラオカンフーは懸命に拳を振るうが、その全てが躱されていた。

むしろその隙にざくり、ざくりと手足を削られていく。ラオカンフーの膝は折れ、腕がだらりと下がる。

あのタオが近接戦でここまで圧倒されるとは……あれがイドのゴーレムか。

「く……ま、まだまだぁ……っ！」

見る影もない程ボロボロになりながら、それでもラオカンフーは倒れない。

防戦一方、にも拘《かかわ》らず致命傷を避け続けているのだ。タオの見事な身のこなしがなければとっくに倒されていただろう。

観客も息を呑み、痛々しい姿を見守る。

「ふむ、参ったね。これ以上傷つけてはそのゴーレムが可哀想だ」

呟きと共にレオンハートが後脚を地に着けた。

「……どうしたよ。もう跳び回るのは終わりあるか？」

「まさか。ただこのまま戦っても不毛だと思ってね」

「そーあるか。まーなんでもいいある。こっちも余力はないから──ね！」

タオが全身をバネのようにして、跳躍する。

どこにそんな力が残っていたのかと思う程の鋭い蹴り。恐らくこれが最後の攻撃だろう。

横にいたシルファが、レンが拳を握り締める。

アルベルトが、ディアンが声を張る。

閃光のような蹴りがレオンハートに命中した。

『あ、ああああああ──っ！　これは──っ⁉』

司会の絶叫が響き渡る。観客は息を吞み、どさりと何かが落ちる音が聞こえた。

見ればラオカンフーの足が融解し、地面に転がっている。

「おいアル兄！　今何が起きたか見えたかよ⁉」

「……いや、僕もよくは見えなかった……蹴りがレオンハートに当たったと思ったら、次の瞬間には溶けていた。例えるなら氷の棒を高熱の窯に突っ込んだようにな……一体何が起こったというのだ⁉」

戸惑うアルベルトとディアンだが、俺はイドが何をしたのかすぐにわかった。

あれは火と水の二重合成魔術『王水幕』。

触れたあらゆるものを溶かすという結界で、攻防一体だが結界の展開範囲がシビアで使い方を間違えれば自らも危険な魔術だ。

それを術式化してゴーレムの装甲に組み込んでいるのか。

難易度の高い合成結界をゴーレムを溶かすほどの出力で使える者が俺以外にいたとは……思った以上にやるじゃないか。

片足でなお、体勢を立て直すラオカンフー。まだ戦えるとばかりに構えを崩さない。

「くっ！　失ったのは右足だけね。まだまだ戦えるよ！」

「もうやめよう。さっきも言ったけど僕はゴーレムを傷つけるのは好きじゃないんだ。でも君は倒さないといくらでも向かってきそうだからね。故に出来るだけ傷つけずに勝たせてもらうとするよ」

宙を舞うレオンハート、その口にはラオカンフーの頭部が咥《くわ》えられていた。

『あああ――――っ！　一瞬の早技です！　ラオカンフー、目にも留まらぬ動きで頭部を切除されてしまいましたーっ！　頭部を破壊されたゴーレムはルールにより敗退となります！　という事は……レオンハートの勝利です――――っ！』

司会の声と共に、大歓声が巻き起こる。

なるほど、結界で足を潰したのは確実に頭部を奪い取る為か。

終わってみればラオカンフーの受けた大きなダメージは片足のみ、頭部はきれいに切断されているから直そうと思えばすぐに直せるだろう。

負けたほかのゴーレムに比べれば軽傷と言えるだろう。そしてそれが出来たのは、相当の実力差があったからこそ。

……これがイドの実力か。

拍手に包まれながら、レオンハートは眩い陽光を浴びていた。

◇◇◇

「はぁ、はぁ……は、ぁ……っ！」

――試合が終わり、ボロボロになったラオカンフーからタオが降りてくる。

呼吸を荒らげるタオは全身汗だく。焦燥しきっているようだ。

「あれだけボロ負けしたんだ。きっと落ち込んでるだろうぜ」

「慰めて差し上げるべきです！　そうすればタオたんの熱い抱擁が受けられるやも……！」

グリモとジリエルの言葉にふむと頷く。

確かに、イドと直接戦った感想が聞きたいよな。

駆け寄って声をかけようとすると、気づいたタオがこちらを向く。

「や、ロイド」

にっこりと、満面の笑みを浮かべるタオ。

その表情は普段と同じ、いや明るすぎるほどである。

「残念無念、負けちゃったあるよ！　やー世界は広いね。ゴーレムとはいえアタシより速い相手となんか初めて戦ったよ。あはは」

どうやらそこまで落ち込んではいないようだな。これなら色々聞けそうである。

「うん、相手が強かったしね。仕方ないよ。それよりちょっと話さない？　さっきのゴーレムについて聞きたいことが――」

「ごめん、急いでるから」

タオは俺の言葉をバッサリと切り落とすと、駆け足で物陰へと消えていった。

トイレだろうか。何かキラキラしたものが落ちたように見えたけど……不思議に思っていると、ドン！　と音が響く。

こっそり覗き込んでみると、タオが背中を震わせていた。

「く……そぉぉぉぉ……っ！　負けた！　負けちゃった……！　手も足も出なかった……っ！」

拳を壁に叩きつける音がドン、ドンと響く。

「……ゴーレム越しでもわかる。あの子はすごく強かった。生身だったら相手にもならなかったはず……悔しい。悔しいよ……！」

声を震わせて涙を流すタオ。

その迫力にグリモとジリエルがごくりと息を飲む。

「……ま、そりゃそうですな。あんなガキにやられて悔しくないはずがねぇ。あの小娘ももっと強くなるはずですぜ」

「美しく可愛らしいだけが花ではない、ということですね。タオたんハァハァといったところでしょうか。むふふ」

二人が何やらブツブツ言っている。

ふむ、どうやらタオは反省中みたいだな。

魔術の実験でも失敗はよくあること、次に繋がるのが重要だ。

また改めて聞いた方が、事細かに聞けるだろうな。

俺はそう思い、その場を後にするのだった。

◇◇◇

「いやー中々見応えのある試合だったねぇ」

いきなり声をかけられ振り向くと、ルゴールが数人の男たちと連れ立っていた。

「あぁ、彼らは他国のゴーレム搭乗者たちさ。色々話を聞いてたら盛り上がってねぇ。一緒に来ることになったのだよ」

ルゴールの脇にいた男たちが俺に興味深げな視線を送ってくる。

「ほう、君があのディガーディアの……」

「こんな幼いのによくぞあれだけの……」

「ど、どうも……」

彼らの俺を見る視線に妙に熱がこもっている気がするが、気のせいだろうか。

「誰かと思えばルゴールじゃないか。こんなところで会うとはね」

会話に入ってきたのはアルベルトだ。

ルゴールと握手を交わし、互いに肩を叩き合う。

「アルベルト！　それはこちらのセリフだよ。忙しい君がどうしたんだい？」

「大事な弟の晴れ舞台だからね。執務なんかやってる場合じゃないさ」

仲良さげに話す二人を見ていると、ディアンがこっそり耳打ちをしてくる。

「あのルゴールってのは北の大国、シューゼルの第一王子なんだぜ。少し変わり者だがあぁ見えて出来る男でよ、あいつが国の経済を任されてからシューゼルの経済は発展続きだ。まぁあいつに言わせればゴーレム製造の為らしいがな。アル兄とは歳が近いから、各国会議でよく一緒にいるんだ」

「そうなのですか。勉強になります」

よく考えたら普通の人間がゴーレムを作れるわけないものな。ラオカンフーのように見るからに低コストならともかく、ゴーレム作りはとにかく金と設備が必要だ。

それを持ち得るのは王侯貴族くらいだろうか。

ルゴールも、彼が連れてきた者たちも、父チャールズに連れられて行ったパーティで見たことがある顔ばかりである。

「そうだ！　よかったら今日の夜、皆で親睦を兼ねたパーティをしないかい？　勿論《もちろん》手配は私がするからさ」

ルゴールの提案にアルベルトが頷く。

「それはいい。皆に自慢の弟を紹介するいい機会だ」

「おおっ、そりゃいいぜアル兄！　これだけのメンツがいりゃあゴーレム談義も出来そうだしよ！　ゼロ兄も勿論構わねーよな？」

ディアンが話を振るが、ゼロフは難しい顔のまま首を横に振った。

「悪いが吾輩は遠慮させてもらうよ。華やかな場はあまり得意ではないのでね。ディガーディアの整備もあるし、ロイドに任せる」

「ちょ、待てよゼロ兄。おーい！」

「では失礼させてもらう」

ディアンが止めるのも聞かず、ゼロフはスタスタと去っていくのだった。

◇◇◇

その夜、パーティが開かれた。

どこぞの高級レストランを貸し切って開かれたパーティには俺たち以外の関係者も多くおり、百人近い人が集まっていた。

アルベルトはここぞとばかりに俺を色んな人たちに紹介し、ディアンは他国の技術者たちと親睦を深めていた。

シルファは給仕に大忙しで、レンは時々つまみ食いをしては目を輝かせていた。

過去形なのは、つまりそういうことだ。

俺はパーティ会場を抜け出し、ディガーディアの元へ来ていた。

「いいんですかい？　勝手に抜け出しちまって」

「アルベルトたちがいれば問題ないだろう。それに俺はしがない七男坊、いなくなっても気にする人なんていないさ」

「そのようなことはあり得ないと思いますが……」

即座にジリエルが否定する。

全く天使ってやつは何もわかってないな。七男坊の扱いなんて適当なもんだぞ。

現にこうして好き勝手やらせてもらっているしな。

そんなことを思いながらも吊《つ》るされた暗幕を開けると、中は煌々《こうこう》と照らされている。

「ゼロフ兄さーん！」

作業中のゼロフに声をかけると、驚いたようにこちらを向く。

「ロイド？　一体どうしてここに……？」

「もちろん手伝いに来たんですよ。はい、お夜食です」

パーティ会場から持ってきたバスケットを見せると、ゼロフの腹がぐぅぅと鳴った。

「……頂くとしよう」

ゼロフは無愛想にパスタを受け取ると、もそもそと食べ始めた。

「……ふぅ、やはりパスタはいい。手軽に腹が膨れるからな」

「ゼロフ兄さんはいつもこればかり食べてましたからね。それよりゼロフ兄さん、今やっている改修作業はレオンハートの結界対策ですよね？」

俺の言葉にゼロフは驚いたように目を丸くした。

「よくわかったな。その通りだロイド」

「あはは、あの試合を見れば誰でも思いつきますよ。その対策としてこちらも結界術式を付与して、中和させることで攻撃を当てようとしているのですよね？」

ディガーディアの腕部には、防御用として結界装置が取り付けられている。

それを調整して中和機能を追加させていたのだろう。

考える事は俺も同じだ。

「ラオカンフーを融解させた攻撃、あれを見た者は毒液か何かだと思い、結界と見破った者は誰一人としていなかった……その上吾輩がやろうとしていることまですぐに気づくとは、やはりロイドを連れてきてよかったな」

ゼロフが何やらブツブツ呟いているが、それよりも気になることがある。

術式の付与に使う魔髄液にあまり余剰がないのだ。

あれは製作に手間がかかるし、今からでは量を用意するのが難しいのでレオンハートの強力な結界を中和する程の出力を得るのは難しいだろう。

ならば元々使われているものを削って使い回すという手もあるが、そうすると他に歪みが出る可能性があるんだよな。

「お前も気づいたか。そうだ。魔髄液がないのでこれ以上の改修は出来ないのだ」

「うーん……困りましたね……」

敗退したゴーレムから削り出して分けて貰うとか。

いやそれだと純度を確保出来ないだろう。

強力な術式を編み込むには、高純度の魔髄液が必要だ。

あのイドを相手にするには、そこらで手に入るものでは難しいだろう。

うんうん唸りながら考えていると、暗幕の外で動く気配に気付く。

「お困りのようですね」

「この声……！」

慌てて飛び出すと、外にいたのは仮面の少年、イドであった。

「こんばんは。よい月夜ですね」

「こんな夜更けに一体何の用だ？　偵察にでも来たのか？」

ゼロフの問いにイドは首を横に振る。

「いいえ、まさかまさか。そのような事をするはずがありません。ですがあなた方が何にお困りかはわかります。ずばり僕のレオンハートに取り付けられている結界を中和するつもりなのでしょう？　ですがその為の魔髄液が不足している。違いますか？」

「な……⁉」

まさしくピタリと言い当てられ、言葉を詰まらせるゼロフ。

だが直ぐに気を取り直してイドに詰め寄る。

「貴様、やはり盗み聞きを……」

「だから違いますよ。それを証拠にほら、これは僕からの贈り物です」

パチンと指を弾くと、小型のゴーレムが木樽《きだる》を担いで持ってきた。

それを開けたゼロフは目を丸くした。

「これは……魔髄液か！　しかもかなりの高純度だ！」

驚くゼロフの横から木樽の中を覗くと、確かに中にはなみなみと魔髄液が注がれている。

しかも俺が作るものと大差ない程の高純度だ。

「ディガーディアには対結界用兵器が搭載されていないようでしたからね。ロイドが僕のゴーレムを見れば、すぐに対策を思いつくはずです。ですが材料がないことにはどうしようもないと思い、持ってきたんですよ。受け取っていただけますよね」

「……解せないな。何故吾輩たちに協力する？　こんなことをしても貴様には何のメリットもあるまい」

ゼロフの言葉にイドは口元に笑みを浮かべる。

「メリット？　ふふふ、もちろんありますよ。だって全力を出したロイドと戦えるんだ。これくらい喜んで用意させていただきますとも。それこそが僕の生きる意味なのだから！」

俺と戦うのが生きる意味、とはまたなんとも大きく出たものだが……やっぱりイドのことを憶えてないんだよなぁ。

しかもあの仮面には強力な幻想魔術がかけられているようで、『透視』の魔術でも上手く見えないのだ。

そんなことを考えていると、イドが俺に視線を向けた。

「僕の顔が気になりますか？　ロイドが全力を尽くし僕のゴーレムに勝つことが出来たら、この仮面を外して素顔を見せてあげますよ」

「へぇ、大盤振る舞いをしてくれるじゃないか。だったらもう一つ頼んでいいかい？」

イドはぴくんと眉を動かすが、すぐに余裕の表情を取り戻す。

「この状況でまだ欲しがるとは……なんとも強欲ですね。ですがそれでこそロイド。いいですよ、他に何が欲しいのです？　僕自身の生命でも差し出しましょうか？」

「へぇ、よく俺の言おうとしたことがわかったな。その通り、俺が勝ったらお前の命は俺が預からせてもらおう」

イドはゴーレムや魔術に関してとても優秀だ。配下に加えれば、俺の役に立ってくれるに違いない。是非とも欲しい人材である。うん。

だがイドもゼロフも、何故か驚いたような顔をしている。


「……ふふ、そうですか。その程度で施しを与えたと思うなどぬるすぎる。自分と戦うには生命を賭ける覚悟で来い……ということですか。なるほど、覚悟が足りなかったのは僕だったようだ」

「吾輩の弟ながらなんとも豪胆だ。当然ブラフだろうが、あれだけ調子づいていたイドがすっかり黙りこくっている。全く大したものだ」

イドとゼロフがいきなりブツブツ言い始めたが、一体どうしたんだろう。特に変な事は言ってないと思うんだけどな。

「いいでしょう。僕の全てを賭けてロイド、あなたに挑みます！　決勝戦、楽しみにしていますよ」

「お、おう」

イドはそう言って、去っていく。

何だかわからんが色々とありがとう。

この魔髄液は大事に使わせて貰うとするか。


「やぁロイド、いきなり消えたからどこへ行ったのかと心配したよ」

イドと入れ違いで来たのはアルベルトたちだ。

ルゴールたちも一緒である。

「ゴーレム談義で盛り上がっていたら、私たちも作業をしたくなってねぇ。改修作業をしていたのだろう？ 我々も交ぜてくれないか？」

「へへっ、ロディ坊なら絶対ここに来てると思ったからよ。俺がみんなを連れてきたんだぜ」

ディアンの後ろには仲良くなったのであろう他国の技術者たちがいた。

「私共に出来る事があれば、なんでもお申し付け下さいませ」

その傍らで恭しく頭を下げるシルファ。

ありがたい。魔髄液があっても改修作業にはかなり時間がかかるからな。

二人だと夜明けまでかかっていただろう。

「みんな、ありがとう！　ほらゼロフ兄さんも」

「む……し、しかしだな……」

「試合に出られなくてもいいんですか？」

俺が詰め寄ると、ゼロフは観念したようにため息を吐く。

「……あー、その。助かる」

照れ臭そうに礼を言うゼロフを見て皆、顔を見合わせて苦笑するのだった。

——そうして作業は夜通し行われ、どうにか夜が明ける前に終わった。

イドから貰った魔髄液を使い、皆の力を借りてディガーディアに中和術式の付与を施した。これならあの結界も突破出来るだろう。

「ふむ、だがかなり余ったな。どうするロイド？　イドに返してやるか？」

「……いえ、折角ですし使わせて貰いましょう」

他にも手を入れるべき箇所はある。

イドは全力で戦いたいそうだからな。出来る事はやっておくべきだろう。

それに俺の最強のゴーレムを作るという計画は続いているのだ。あれをこうしてああして……ふふふ、楽しみだな。

◇◇◇

『あああ――――っと！　強いぞディガーディア！　またも勝利ですっ！　圧倒的ですっ！』


大歓声の上がる中、くるりと背を向け戻っていくディガーディア。

第二試合も危なげなく勝利することが出来たな。

「気のせいかな。第一試合の時よりも拍手が大きいね」

「最初は無愛想だと不評だったようですが、徐々にファンも付き始めたのでしょう。私が冒険者をやり始めた頃も女だからと揶揄《やゆ》されもしましたが、実力を見せつければ周囲は認めるものです」

シルファとそんなことを話していると、ゼロフがディガーディアから降りてきた。

「お疲れ様でした。ゼロフ兄さん」

「吾輩は大した事はしていない。ほぼディガーディアのおかげだな。まるで象でネズミを踏み潰すかのような圧倒的な力だ。次はお前が乗ってみるか？　ロイド」

「いえいえ、遠慮しておきます」

俺は慌てて手を振って返す。

ただでさえゼロフの代わりに受け答えをして目立っているのだ。

俺の本業はあくまで魔術師。錬金術師として名を上げるつもりはない。

この大会ではあくまで裏方に徹するつもりである。

「全く、無欲な奴だ」

「あはは、すみません」

どうやら引き下がってくれたようだ。

胸を撫で下ろしていると、向こうの方でわっ！　と歓声が上がった。

『おおお――――っとぉ！　こちらも強いレオンハート！　何という疾《はや》さでしょうか！　相手に何もさせずの圧殺で――――す！』

どうやらイドも勝ったようだ。

タオ戦で見せたあの速度をもってすれば触れるゴーレムなどいやしないだろう。

こちらを見て微笑を浮かべてくるので、頷いて返す。

決勝戦、楽しみにしてますよ、とイドは唇を動かした。

こちらこそ楽しみである。

「ロイド様、あれを見てくだせえ。イドのゴーレムの足元付近、何かいやすぜ」

「ん、なんだ一体？」

グリモに言われるがまま視線を向けると、そこには黒フードの男がいた。

「どうやらこの国の人間のようですね。イドの仲間でしょうか？」

「その割には様子が変だぜ。いやーな気配を感じやがる」

確かにイドの手伝いの割には妙にコソコソしているな。

一体何をしているのだろう。

「ん？　何か持っているぞ」

男は懐に強い魔力を放つ黒炭のような物を持っている。

あれは呪具だ。

魔道具の一種だが、より強力な効果を得る為に敢えて制御を放棄し、術式を滅茶苦茶に編み重ねて作られたものである。

強力な効果を発揮するが制御は不可能。

言わば魔力の暴走装置であり、その性質上ゴーレムのような複雑かつ繊細な術式の塊に長時間接触させると不具合を起こす。

「あの野郎、ゴーレムに呪具を取り付けるつもりのようですな。誰だか知らないが恐らくイドが不利になると喜ぶ輩でしょうぜ。上手くコトが運べば、労せず大幅有利になりやすぜ。げへへへ」

「全く品性の下劣な魔人らしい考えだ。しかしそうすればロイド様が負ける可能性は万が一にもなくなるでしょうね。気付かぬふりをするのも一つの手でしょうか」

「ケッ、てめぇの品性も大差ねぇぜ。クソ天使」

ジリエルに舌打ちをするグリモ。

確かにそうではある、が……

「――あのまま放ってはおけないな」

もしあれでレオンハートが不具合を起こした場合、せっかく作った新兵器を満足に試せない可能性がある。

どうせなら全力で実験したいものだ。

「マジっすかぁ⁉ ほっときゃ勝手に敵が弱体化してくれるってーのに、真面目ですなぁロイド様は」

「俺は全力で戦いたいんだ。その邪魔はされたくない」

「流石はロイド様、正々堂々、力を尽くした戦いをお望みなのですね」

グリモとジリエルの言葉から何か誤解を感じるが、ともあれ何よりも俺の為にあの男を止めるとしよう。

「ねぇ、ちょっといい？」

観客に紛れてレオンハートに近づこうとする男に声をかける。

「なっ⁉ き、貴様は……い、いや。そんなはずがない。よく見れば別人か……全く驚かせやがって」

男は何やらブツブツ言っていたが、すぐに気を取り直し、取り繕ったような笑みをこちらに向ける。

「……どうかしたのかな？　坊や」

「うん、それをどうするつもりなのかと思って」

慌てて呪具を懐に仕舞おうとする男の腕を掴《つか》まえ、言葉を続ける。

「呪具だよね、それ。どうするつもりだったの？　まさかゴーレムに取り付けようとしてたとか？」

男はサッと顔を青ざめさせ、しどろもどろに言い訳を始める。

「ち、違うぞ少年。これはその、そこで拾って……もしかしたらこのゴーレムに付いていたものかと思ってだな……」

「ありえないね。そんなものを取り付けたら編み込まれた術式が狂いまくって、確実に不具合を起こすはず。持ち歩く人すらいるはずがない。それにその呪具、お兄さんが苦心した跡がくっきり残ってるのがわかるよ」

魔力集中で呪具を見ると、男の指先に呪具と同じ術式反応が見て取れる。くっきりと、べっとりと。

「この呪具、あなたが作ったようだね」

「い、言いがかりだ！　何を言ってるんだこのガキは！」

言葉に詰まったのか、男は声を荒らげた。

そうこうしていると異常を察した人たちが周りに集まってくる。

「おいおいなんだ？　どうしたってんだい？」

「呪具だと？　錬金大祭にそんなもの持ってきちゃ危ないじゃないか！」

「あの男が犯人のようだ。子どもが止めようとしているみたいだよ！」

好奇の視線を向けられ、男は慌てて言い訳を始めた。

「ほ、本当に拾っただけなのだ！　大体証拠がない！　そうだろう⁉　私がやったと言うならば、証拠を出すがいい！　誰にでもわかるような証拠をな！　出せまい！　ならばこれ以上難癖を付けるのはやめて欲しいものだな！」

「あー……その違うんだ。別に問い詰めようというわけじゃないんだよ」

俺は必死に取り繕おうとする男に、首を振って返す。

「これはただの確認。事実を並べただけなんだ。お兄さんが何を言おうが、俺のやることは変わらないしね」

「な、何を……」

言いかけた男に構わず、俺は指先を持ち上げて、神聖魔術『微光』を発動させる。

放たれた聖なる光が男を貫く。

「あがあがあがあがあがあっ⁉」

がくがくと痙攣《けいれん》しながら白目を剝く男。

大きく開けた口から白い煙を吐いたかと思うと、すぐに目を見開いた。

「……はっ！　私は何を……⁉」

開いたその目は先刻までの濁った魚のような目ではなく、キラキラと澄んだ色をしている。

「これは呪具⁉　ま、まさか私はこんなものをゴーレムに取り付けようとしていたのか⁉

信じられない。何ということを……！」

絶望に顔を歪めながら崩れ落ちる男。

すぐに起き上がり、俺に告白を始める。

「私はバートラムでゴーレム研究をしていた者だ。しかしあの少年が来て、あっという間に立場を追われてしまった。それを逆恨みしてこんなことを……止めてくれてありがとう。私は罪を償うよ」

なるほど、イドの前任というわけか。

あんな子供に立場を追われたら、嫉妬に駆られるのも仕方ないか。

ともあれ浄化は成功したようだな。うん。

「相変わらずスゲェ効果ですな。ロイド様の神聖魔術は」

「うむ、神聖魔術には人の邪な心を浄化する効果はあるが、ここまでの効果を持たせられるのはロイド様くらいだろう」

男は頭《こうべ》を垂れながら、警備の者に自らの行いを告白している。

それにしてもあの男、俺を知ってるみたいだったけどなんだったのだろうか。

聞きそびれちゃったな。まぁいいか。

目的は果たしたし、長居は無用。

騒ぎになる前に退散するとしよう。

「待って下さい！　ロイド！」

背中から声をかけられ振り向くと、そこにはイドが立っていた。

「何故、彼を止めたのですか？　あの呪具が取り付けられればレオンハートはまともに動かなくなったでしょう。そうすれば言うまでもなくあなたが大幅に有利となる。こんな事をしても何のメリットもないはずだ」

「何故って……不思議なことを聞くもんだな。そうしないとイドが全力で戦えないじゃないか。自分だって全力で戦いたいと言っていたのだから、想いは同じなのだろう？」

俺の言葉にイドは心底驚いた様子だ。

「僕と……全力で戦いたいのですか？」

「何度もそう言ってるじゃないか」

呆《ほう》けたような顔のイドだったが、口元を緩ませブルルと身体を震わせる。

武者震いだろうか。イドは堪えきれないといった笑みを浮かべていた。

「……光栄です。とても嬉しいですよロイド。ついに僕と本気で戦ってくれるんですね！」

「もちろん。楽しませてくれよな」

「ええ、ええ！　もちろんですよ！　最高の戦いに致しましょう！」

イドの差し出した手を握り返す。

ついに……ってどういうことなのだろうか。まぁいいか。どうせすぐにわかることだし。

ともあれ、決勝は明日に迫っていた。

◇◇◇

そして翌日。空は快晴、風は強め、絶好の物見日和である。

取り囲む大勢の観客の視線は会場の中心、対峙する二体のゴーレムに注がれていた。

『ゴーレムファイトも佳境！　ついに、ついに決勝戦と相成りましたぁ――――っ！』

相変わらずハイテンションの司会が声を上げ、ディガーディアの方へ手を挙げる。

『初出場ながら圧倒的な強さで勝ち進んできたサルームが誇る真紅の竜、その名はディガーディア！　搭乗者はその第三王子、ゼロフだぁーっ！　ここまで圧倒的な火力で相手を圧倒してきました！　決勝でもその勇姿が見られるのか!?　乞うご期待です！』

わあああああああ！　と歓声が上がる。

先日までもかなりの人がいたが、今日はその倍はいそうだ。

「ほう、ゼロフ様もだいぶ人気が出てきたようですね」

「強ぇからだろ。結果を出せばその不愛想さも、観客の方からいいように取ってくれるもんさ」

言われてみればジリエルとグリモの言う通り、ゼロフの人気は上がっているように見える。

最初の方は声援にも応えなかったから、結構ブーイングとか多かったっけ。

ゼロフも今では慣れてきたのか、視線くらいは返している。

全く、手くらい振ってあげればいいのにさ。


『対するは――前大会優勝者、我がバートラム最高の錬金術師イド選手駆るレオンハート！

圧倒的な疾さは決勝でも発揮してくれるのでしょうか⁉　こちらも期待大だ――っ！』


どおおっ！　と先刻よりも大きな拍手が上がる。

やはり向こうのホームだからかな。

地面が揺れるかのような声援にイドは手を振って応えている。

『火力のディガーディア、疾さのレオンハート、どちらが勝つか、負けるのか⁉　恥ずかしながら私、先日は楽しみで眠れませんでした！　さぁ両選手、準備に入ってください！』

司会の指示で準備を始める。

と言っても点検はほとんど終わっている。ゼロフが乗り込んで最終チェックを行うだけだ。

しかしゼロフは動こうとしない。

「ゼロフ兄さん、どうかしたのですか？」

「あぁ、どうもその、腹の具合が悪いのだ……」

ゼロフは苦しげに細々とした声を漏らしている。

「腹痛でしょうか？　強いストレスを受けたせいで胃腸の調子を崩したのかもしれません」

ジリエルが心配そうに言う。

うーん、あの他人を全く気にしないゼロフがストレスなんて考えにくいんだがな。

「ふむ、魔力の残り香がしやすぜ……こいつは何らかの魔術を受けてるようですな」

魔力集中でよく見てみると、その痕跡がぼんやりと目に映る。

辿り着いた先は……

「イド、か」

どうやらイドが魔術をゼロフにかけているようだ。

「こんな体調で決勝戦は難しいだろう。ロイド、お前が代わってくれ」

「ゼロフ兄さん……本当に、いいんですか？」

「このままディガーディアが本来の力を発揮出来ずに負けるよりはマシだ」

ゼロフはこの戦いをとても楽しみにしていた。

その為にディガーディアを整備し、決勝に備えていた。

自分で戦いたかったはずだ。

苦渋の決断だったのだろう。

「それにロイド、お前はよく夜遅くに一人で乗っていただろう？」

「……！　気づいていたんですか」

「あぁ、大した操縦技術だったぞ。随分練習したんだな。そんなお前だからこそ任せられる」

実はゴーレム改造の為、夜中によく作業を行っていたのだ。

そのテストなどで乗って動かしていた時もあったが、そうか見られていたのか。

ゼロフの言葉に俺はゆっくり頷いて答える。

「わかりました」

「お前を連れてきて本当によかったよ。それじゃあ後は頼んだ……うっ、そろそろ限界……」

ゼロフはそう言い残すと、ダッシュでトイレへ向かった。

「ゼロフ兄さん、仇《かたき》は必ず取ってみせます……！」

「ロイド様、セリフの割に顔がニヤけてますぜ……」

おっと、つい頬が緩んだか。

まぁ少々目立つかもしれないが、ここまでお膳立てされて応えないわけにもいかないだろう。

ていうかゼロフには悪いが俺もやりたかったしな。

『おおっとぉ――――っ⁉　どうやら選手交代か――――っ⁉　ゼロフ選手に代わりこれまでサポートをしていたロイド選手がディガーディアに乗るようです！』

司会の声が響く中、俺はディガーディアの手のひらに乗った。

自動で胸元まで上昇し、胸部装甲が開いてコクピットが露になる。

「ロイドー！　がんばれよー！　お前ならできる！」

「負けんじゃねーぞ！　ロディ坊！」

アルベルトとディアンの声援を受け、手を振って返す。

「ロイド様！　ファイトです！」

「がんばれーっ！」

「ぶっ飛ばしやがれよーっ！」

シルファたちが声援を上げている。

いつの間に用意したのだろうか、俺の名が書かれた旗を振っている。あまり目立ちたくはないのだが……こうなってはもはや仕方ないか。

ともあれハッチを閉め、起動レバーを前方に倒す。

ヴォン、と起動音が鳴り、ディガーディアがゆっくり立ち上がる。

全方位に張り巡らされた魔導板が外の風景を映し出した。

「ヒュー、何度見てもすげぇですな。こいつはよ。ゴーレムの目を通して、外の風景を魔導板に映してるんでしたっけ？」

「正確にはカメラな。全身に取り付けられているから、人間の目では死角になるところもバッチリ映っているんだ」

「むむむ、私の知らない間に人間の持つ技術はここまでになっていたのですね……」

他にも様々な技術が使われ、このディガーディアは動いているのだ。

その全力、ぶつけさせて貰うとしよう。

「聞こえていますか？　ロイド」

頭の中に声が響く。イドだ。

これは『念話』、念じる事で遠くの者と会話が可能な魔術である。

俺は、あぁと短く返した。

「ゼロフ様には悪いことをしました。ですがもう術は解いたので、大丈夫だと思いますよ」

「そこまでして俺とやりたかったのか？」

「もちろんです。あなたの操縦したゴーレムに勝たねば意味がありませんので。だからロイド、僕と本気で戦って下さいね……！」

強く念を押してくるイド。

こちらとしても本意ではあるが、その様子はどこか思い詰めてさえいるようだ。

「随分と熱烈ですなぁロイド様。本当に奴のこと憶えてないんですかい？」

「全く憶えはないな」

「不憫《ふびん》な……しかしそれもやむなき事。ロイド様にとっては些事《さじ》でしょうからな」

「どちらにしろ、勝てばわかることさ」

制御盤を操作しスイッチを入れていくと、徐々に駆動音が大きくなっていく。

歯車の軋《きし》む音、動力が機体を巡る音、金属の擦れる音。

その全てが束となり、コクピットに騒音が響く。

だが、不快ではない。むしろ心地よい高揚感が身を包むようだ。

俺は口元を緩め、レバーを思いきり倒した。

「ディガーディア、起動」

俺の言葉と呼応するように、ディガーディアが直立し面を上げる。

「しかしロイド様、錬金術はもう飽きたとか言ってた割には意外と熱心ですな」

「それにこのゴーレム、ロイド様の納得いくものではなかったのでは？」

グリモとジリエルの言葉に俺は頷いて答える。

「あぁ、確かにゴーレム製造は俺が興味を唆《そそ》られる程じゃなかった。でも皆と作業を進めるにつれ、俺の魔術にも活かせそうだと思ってね」

そう、ゴーレム単体としては魅力に欠けていても、魔術と組み合わせればもっと面白いことは出来そうなのだ。

俺の目標、最強のゴーレム作りはやや方向転換をしつつも続行中だ。

しかしそれにはより、ディガーディアの力を引き出さねばならないだろう。

故に俺はこうして日々ゴーレムに時間を費やしているのだ。

そして今、丁度いい実戦データが取れそうな相手がいるのだ。ワクワクするのも致し方ないだろう。

「さぁ行くぞディガーディア、実験開始だ」

俺の言葉に呼応するように、ディガーディアの両目が眩《まばゆ》く光る。

眼前には同じように戦闘態勢を取るレオンハートが見えていた。

『両ゴーレム、ゆっくり立ち上がります！　互いに戦意は十分と言ったところでしょうか⁉

姿勢を低くし睨み合っている――っ！　さぁ、さぁさぁさぁ！　準備はよろしいか⁉

よろしいようです！　お待たせしましたゴーレムファイト最終戦！　レディ……ゴー！』

司会が高々と挙げた手を、勢いよく下ろす。

と、同時にレオンハートがまっすぐ突っ込んできた。

こちらも前傾姿勢となり、背中の魔力砲を放つ。

一発目は横に跳ばれ回避。

二発目もまたあっさりと。

三発目を躱した時には既に、ディガーディアの眼前まで迫っていた。

「おおおっ⁉　こいつは疾《はえ》ぇ！　いままでのゴーレムとは比べ物にならん速度ですぜ！」

「まずい！　このままでは奴の攻撃を躱せませんよ！」

慌てる二人だが、問題はない。

俺は落ち着いてレバーを左に倒す。

ぐぐっと身体を傾けるディガーディア。

言葉の通り跳んで躱すのは間に合わないが、問題はない。

「よっ、と」

傾いた姿勢のまま、ディガーディアが真横に動く。

タオ戦で見せたレオンハートの高速移動、あれに対抗する為、急遽《きゅうきょ》ブースターを取り付けたのだ。

噴出口から魔術の炎が勢いよく吐き出され、その勢いでディガーディアが真横に滑るように移動していく。

「ほう、攻撃魔術を移動に使ったのですか。ですがロイド、僕がその程度のことを想定してないとでも？」

すぐに方向転換し、追撃を加えてくるレオンハート。

やはり速いな。それでもブースターのおかげで何とかついていけている。

レオンハートは移動先に回り込み、鋭い爪を振り下ろしてくる。それに合わせて俺は魔力砲を放つ。

「くっ⁉」


ギリギリで跳んで躱したレオンハートだが、無理な体勢だった為か空中で無防備になる。

よし、ここを更に狙い撃つ。

錐揉み回転するレオンハートに照準を合わせ、トリガーを引こうとしたその時である。

レオンハートは空を蹴り、着地していた。

「自前の結界を発動させ、それを足場にしゃがったようですぜ！」

「ゴーレムの質量を支える結界をあの速度で展開させるとは……！　恐ろしい少年です」

驚愕するグリモとジリエル。

うん、いいね。一筋縄ではいかないか。だったら……！

真っ直ぐ突っ込んで来るレオンハート目掛け、左腕を差し出す。

右腕は身体を捻って隠し、腰元の大魔剣を握った。

喰らい付こうとした所を一刀両断してやる。

よし、よし、よし……今だ！

ずらりと引き抜いた大魔剣をそのまま真横に滑らせる。

だが、すんでのところでそれに気づいたのか、レオンハートはさらに足場を作り空中で方向転換。

大魔剣による斬撃をかろうじて躱した。

ざざざざざ、と土煙が着地の軌道に沿って立ち昇った。

……そして、一瞬遅れて歓声が上がる。

『す、凄まじい攻防です！　あまりの疾さに言葉を挟む暇もありませんでした——っ！　まさに息を飲むとはこの事でしょうか！　私、恥ずかしながら見惚れて司会を忘れてしまいました——っ！』

司会は随分興奮した様子だ。

観客たちも盛り上がっているようだ。

「……ふふ、いい。とてもいいですよロイド。そうでなくてはやり甲斐《がい》がありません」

「こちらこそ。イド、君はとても戦い甲斐がある相手だよ」

良い具合にディガーディアの戦闘データが更新されている。

出力限界を量れるほどの相手とはまだ戦えていなかったからな。

これもまともに戦える相手がいるからこそ。イドには感謝の気持ちしかない。

「さぁて、もっともっと見せてくれ」

レバーを倒し機体を更に前へ。

ブースターが火を吹き、真っ直ぐに突っ込んでいく。

「ふっ、正面突破ですか？　……望む所です。こちらも一気にカタをつけさせてもらいましょう！」

前屈みになるレオンハート、その鉤爪《かぎづめ》が地面に沈み込む。

そこからは一筋の白い煙が上がっている。

あの魔力反応、結界を展開したようだ。

「『王水幕』ですぜロイド様！」

「あぁ、さっそく使ってきたな」

ならばこちらも秘密兵器の出番である。

大魔剣は結界術式を編み込んであり、レオンハートの術式も中和しつつ攻撃が可能だ。

ただしそれも一部分のみ、正面から捉えねば逆に剣をへし折られてしまうだろう。

故にまずは動き回るレオンハートの足を止めねば当たらない。

手は、当然ある。

「はあああっ！」

大きく振りかぶった剣を前方目掛け、思い切り叩き込んだ。

どおおおおん！　と爆音が響き大量の土煙が機体の間に噴き上がる。

『おお――――っと！　目くらましでしょうか⁉　二体のゴーレムが土煙に包み込まれたぞ――――っ！　我々も姿が見えませんっ！』


――だが、俺には見えている。

ディガーディアのメインカメラには『透視』の術式が編み込んであるのだ。

土煙の中、立ち止まるレオンハートがはっきりと見える。

ブースターを起動し歩行音を消し、間合いまで迫る。

20メートル、10メートル、5メートル……ここだ！

再び振りかぶった大魔剣を振り下ろす。

金属がめり込み、ひしゃげる感触。――手ごたえあり。

「ロイド様、何か様子がおかしいですよ……！」

ジリエルの言葉の通りだ。手ごたえはあったが、妙に軽い。

まさかと思い、風系統術式で土煙を吹き飛ばす。

ごう、と消し飛んだ土煙の中、大魔剣で叩き切っていたのはレオンハートの抜け殻だった。

「『王水幕』にはこんな使い方もあるんですよ……！」

なるほど、装甲の表面を『王水幕』で溶かして分離。

それを俺への迷彩としたのか。

レオンハート本体は大魔剣を振り下ろした俺の傍《そば》で、準備万端の姿勢で地に伏せている。

「貰った！」

イドの声と共に跳躍するレオンハート。

なるほど、狙いは悪くない。

ただ運が悪かったな。

大魔剣を振り下ろしたディガーディアは前傾姿勢になったことにより、そのまま背部に取り付けた魔力砲を撃てる状態にある。

大きく顎を開けてとびかかってくるレオンハート、その口内に魔力砲の照準を合わせる。

もちろん結界術式を仕込んでいるのは大魔剣だけではない。

数は少ないが魔力砲の弾丸にも術式を編み込み、中和弾としているのだ。

そして既に中和弾は装填されている。

「――中和弾、発射」

トリガーを引くと共に弾丸が射出され、目の前が真っ白になる。

結界術式同士がぶつかった際に生じる強烈な閃光、次いで衝撃が機体を揺らす。

「う、ぐああああああああああああっ⁉」

イドの絶叫が響き渡り、それを落下音が打ち消した。

静寂――光は薄れ、視界がクリアになっていく。

目の前には倒れ伏したレオンハートの姿があった。

『クリーンヒットぉぉぉ！　ディガーディアの砲撃がレオンハートの牙をへし折ったぁぁぁぁ！』

どおおおおっ！　と大歓声が鳴り響く。

中和弾は見事、レオンハートの結界を破りその牙をへし折っていた。

「くっ……こんな、ことで……！」

「どうしたイド、この程度で終わりじゃないんだろう？」

「……と、うぜんですよ……！　僕がこの日をどれだけ待ちわびたと思っているんですか……？」

しかし言葉と裏腹に、レオンハートが足を踏み出そうとした途端に膝を折る。

どうやら制御系統が破損したようだ。足元がおぼつかない。

「げへへ、奴めどうやらもう限界のようですぜ。あれだけの機動力を持つゴーレム、引き換えにかなりの耐久性を犠牲にしているんでしょう。もうまともには動けねぇはずだ」

「確かに防御に関しては強力な結界でどうとでもなりますが、中和弾による直撃を喰らえばひとたまりもありませんからね」

二人はそう言ってるが、俺はまだやれると信じたい。

はっきり言ってまだ全然満足していないんだぞ。

頑張れイド、お前ならやれる。


「く……動けレオンハート……!」

力を振り絞るイドだがレオンハートの動きは鈍い。

魔力集中で見てみると、先刻まで機体の隅々に満ち溢れていた魔力が底を尽きかけているように見える。

『王水幕』の魔力消費量は通常の結界に比べかなり多い。ゴーレムの巨体を覆うのは相当の魔力を消費したはずだ。

「どうやら魔力切れを起こしたようだな」

「……なんの、ここからですよ」

俺の言葉にも強気に返すイドだが、やはりまともに動けそうにない。

ふむ、このまま戦っても仕方ないな。

俺はため息を吐くと、レオンハートに向け手をかざした。

淡い光がレオンハートを包み込む。


「魔力が、回復していく……⁉　何をしているんですかロイド⁉」

「見ればわかるだろ？　俺の魔力を注ぎ込んでいるんだよ」

治癒系統魔術『魔力転換』、自身の魔力を対象に注ぎ込む上位魔術だ。

俺の全魔力の三割も注いでやれば、レオンハートの魔力貯蔵量は余裕で全快するだろう。

「ふ、ふざけるな！　そんな施しを受けて何が本気の戦いだ！　死力を尽くした戦いだ！

僕は認めないぞ！」

「そんなこと言ってもなぁ。満足に戦えないいんじゃ仕方ないだろ」

「ぐ、ぐぐぐぐ……」

口惜しげに歯噛《はが》みするイドだが、ゴーレムの動きは土系統魔術『泥地縛』で拘束してある。

軟泥が蛇の如く絡みつき、レオンハートの動きを封じているのだ。

変に動かれると『魔力転換』で注いだ魔力が位置ズレを起こし暴発してしまうからな。

「うーん、でもイドのやつ、何で怒ってるんだろ？」

「そりゃ相手は全力でぶつかってきてるのに、こっちは無傷、向こうは牙を折られた上に魔力切れ、それでもまだ戦えって言われてるんですからねぇ……」

「あまつさえロイド様の手で動きも封じられ、回復までさせてもらっています。そんな状態で全力の戦いもクソもないでしょうね。イドは相当悔しいと思いますよ……」

俺が首をかしげていると、グリモとジリエルが何故かドン引きしている。

何故だ。俺は本気で戦いたいから向こうに手を貸しているというのに。

「ロイド、ロイドロイドロイドロイドぉぉぉぉぉ……ッ！」

怒りに声を震わせるイド。何故だ。理不尽だ。

「……あなたはいつもそうだ！　僕の心なんて全くわかっていない！　僕はただあなたに本気で戦って欲しいだけなのにっ！」

「なんだよ。俺は最初から全力で戦っているだろ？　ったくわがままだなぁ……」

「そんな全力があってたまるかぁぁぁぁあっ！」

咆哮と共に突っ込んでくる。

理不尽さに頭を抱えながら、俺は魔力を纏《まと》い突っ込んでくるレオンハートに目を向ける。

どうやら魔力は回復したようだ。

それにイドは自身の魔術でレオンハートを強化している。

なるほど、今度は魔術ありでの本気というわけか。

いいねいいね。ではこっちも本気《それ》で行くとするか。


「強化系統魔術、順次拡大展開。『強度増加』『速度増加』『弾性強化』『浮遊』……」

俺が強化系統魔術を順々にかけていくと、その度にディガーディアの機体が眩く輝いていく。

そうして、俺の魔術で全身強化されたディガーディアが一歩踏み出した。

途端、大地に亀裂が生まれ、衝撃波で土煙が舞う。

強化したディガーディアの速度は先刻よりも数段上だ。

大魔剣を構え更に一歩、踏み出すたびに景色が流れていく。

「な、なんつー疾さ！　さっきまでとは比べものにならねぇ！　これが強化魔術なのかよ⁉」

「物質には魔力が通りにくく、強化魔術はかなり難易度が高いはず……それをここまでの精度で発動させるとは……ロイド様はなんと恐ろしい方でしょうか」

魔術により高速移動が可能となったディガーディアは既にレオンハートより何倍も疾く、その動きを完全に捉えていた。

「くっ！　いっけぇぇぇぇ！　レオンハート！」

苦し紛れの突進、からの前脚の両爪による斬撃がディガーディアを捉える。

「やったか⁉」

一瞬、喜びの声を上げるイドだが、ハズレだ。

捉えたのはディガーディアの皮膜のみである。

「なるほど、これが『王水幕』による質量を持つ残像か。悪くない」

見様見真似だが上手くいったな。

皮膜の薄い部分のみを『王水幕』で剝がすのは相当コントロールが難しいだろう。

それを複雑な形のゴーレムでやるとは大したものだ。

「ぼ、僕の技を見ただけで……っ⁉」

驚愕の声を発するイド。

その隙に俺はレオンハートの背後に回り込んでいた。

大魔剣を振りかぶり、一閃。振り抜く。

「ラングリス流大剣術――『鬼王牙』」

パチパチと火花の散る音。

静まる観客たちは目を見開いている。

背後のモニターには真っ二つとなったレオンハートが映し出されていた。

時間が止まったかのような感覚、その一瞬後。

どおおおおおおおおん！　と俺の背後で大爆発が巻き起こる。

大魔剣をくるりと回し、鞘《さや》へと収めるのだった。

◇◇◇

『一刀両断んんんん――――っ！　ディガーディア、レオンハートを真っ二つに切断しましたぁぁあっ！　激しい戦いでしたが決着は一撃です！　皆さま、両者に盛大な拍手を――――っ！』

大歓声を聞きながら、俺はディガーディアのハッチを開けて外に飛び出る。

斬撃の瞬間、俺はイドを守るべく周囲に結界を張った。

しかしあの爆発だ。無事かどうかは微妙なところである。すぐに助け出さねばならないだろう。

おっと、周囲の観客から見られたら面倒だな。

爆炎と一緒に煙幕で目くらましをして、その隙にイドを助け出すとしよう。

レオンハートの残骸をこじ開け中へ入ると、すぐに俺の結界に包まれたイドを見つけた。

「イド、無事か？」

「う……ぐ、ぅ……」

イドは結界に叩きつけられ傷だらけだが、生きてはいるようだ。

ふぅ、一安心といったところか。

正体もわからないうちから死なれたら、気になって三日くらい寝不足になりそうだからな。

安堵《あんど》の息を吐いていると、イドの仮面にピシリと一本のヒビが入る。

それは深く伸びていき、仮面を真っ二つに割って地面へと落ちた。

仮面の下、イドの素顔は——

「……俺？」

少し眠そうな目に小さな鼻、薄い唇に細い眉は俺の顔そのものだ。

「ど、どういうことですかい⁉　こいつの顔、ロイド様と同じじゃねーですか⁉」

「まさか生き別れの双子⁉　もしくはただの瓜《うり》二つ⁉　い、いや。そんな偶然があり得るのか……？」

驚愕するグリモとジリエル。

俺もまた呆然としていると、気がついたのかイドが目を開ける。

慌てて手で顔を隠し、仮面を拾った。

「っ……⁉　見ましたね、僕の顔を……！」

「お前まさか……」

俺が言いかけた瞬間、イドは瓦礫を破壊しその場から跳躍する。

割れた仮面で顔を隠しながらも、覗く片方の目で俺を憎々しげに睨み下ろす。

「この借りは必ず返します」

「待て！　イド！」

俺が止めるのも聞かず、イドは旋風に包まれる。

「あなただけは、許さない……！」

そう呟きを残し、姿を消す。

ふむ、『飛翔《ひしょう》』にオリジナル術式を加えたものか。通常の数倍の速さは出ているようだ。

しかも俺が追えないよう自身の魔力を遮断するとは中々やるじゃないか。

術式の美しさに思わず見惚れてしまったが……甘いな。この距離ならまだ追える。

「ロイド！」

追おうとする俺に駆け寄ってくるゼロフ。

アルベルトたちもだ。

「よくやったなロイド、優勝おめでとう！　僕も鼻が高いよ」

「流石だロディ坊！　お前はやる男だと思っていたぜ！」

皆に取り囲まれ、揉みくちゃにされる。

流石にこの状況で空間転移は使えないか。

『え、えー……イド選手が何処かへ行ってしまいましたが……ともあれ勝者は変わらず！　優勝したのはロイド選手！　そしてディガーディアです！　皆さま、大きな拍手で称えて下さい！』

万雷の拍手を浴びながら、俺は皆に胴上げされていた。

胴上げされながらも俺はイドの事で頭がいっぱいだった。

何故あいつがここに……そういえばずいぶん見ていないと思ったが、まさかこんな所で会うとは思わなかった。

「そうか、あいつだったのか。だがなんで忘れていたんだろう」

俺はイドの飛び去った空を見上げながら、ぽつりと呟いた。

◇◇◇

「えーそれではロイドの優勝を祝って……かんぱーい！」

その夜、アルベルトらが俺の優勝記念パーティを開いてくれた。

皆が祝ってくれたが俺はその気になれず、抜け出してバルコニーで涼んでいた。

「らしくねぇですなロイド様、いつもならこういう時でも席を外さねぇのに」

「そうですとも。普段からこういった場に足を運んでおけば、何かあった時にもお目溢《めこぼ》しして貰えると常々言っていたではありませんか……それともそんなに奴のことが気になるのですか？」

「一体奴は何者なんですかい？」

グリモとジリエルの問いに、俺は頷いて答える。

「あいつは、イドは俺が作り出したホムンクルスなんだよ」

「ホムンクルスぅ⁉」

二人は驚きの声を上げる。

ちょっと、声が大きいぞ静かにしろ。

「ホムンクルスってーと、ロイド様、人造人間のことですかい⁉」

「人の道に反した禁術にして錬金術の到達点と言われている奥義……そんなものまで使えるとは……」

騒ぐ二人に、静かにするよう人差し指を唇に当てる。

慌てて口をつぐむ二人に説明を始める。

「……うん。昔、錬金術を嗜《たしな》んでいた頃にね」

以前俺が錬金術を始めた目的は人造人間、ホムンクルスの製造だ。

ホムンクルスを作れば俺の魔術の研究も色々捗《はかど》ると思ったのである。

例えば俺の代わりに剣術の特訓をさせたり、面倒なイベントに代わりに出席させたりと、だ。

その為に俺のコピーを作り出そうとしたのである。

「結局俺の替え玉としては使えなかったんだ。作り出したホムンクルスは培養液で高速成長させて俺と同じ年齢で生まれたものの、成長過程での教育に限界があり、出てきた時の精神年齢はずっと幼くなってしまったからな」

とはいえ俺のコピーである。魔術の才能はあった為、俺はその子に魔術を教えようとした。かなりしつこく。かなりビシバシ。

いや、俺としては全然普通の範疇《はんちゅう》だったけど、本人はかなり嫌そうだった気はする。

「それでもしつこく鍛えていたら……いつの間にか居なくなっちゃったんだよね。ははっ」

「うわぁ……」

俺の言葉を聞いたグリモとジリエルがドン引きしている。

「ロイド様、そいつは立派な虐待ですぜ。小さな子供になんてことを……」

「その通りです。如何にロイド様といえど、こればかりは私からも苦言申し上げます」

「うっ、わ、悪かったとは思ってるよ……」

二人に言われずともわかってはいる。

その時は俺もまだ六歳だったとはいえ、それなりに反省しているつもりだ。

「本当ですかねぇ……」

疑うような口調のグリモ。

こいつ、魔人のくせに意外とこういうの気にするタイプなんだよな。

だが妙といえば妙なんだよな。何故俺はイドの存在を今の今まで忘れていたのだろう。

俺の性格からして、一度イドを鍛えると決めた以上は半端なところで投げ出すことはないと思うんだけどな。

だがどうもあの辺り、記憶があいまいなのである。当時六歳だったからとはいえ……うーん、妙だ。


「……ともあれ、あの者がロイド様にあれ程の強い恨みを持つ理由は理解できました。であればあのまま引き下がるはずがありません。また襲ってくるのは間違い無いでしょう」

「えー、そこまで恨まれることをしたか？」

「ロイド様が思っているより、ずっと根深いと思いやすぜ」

うーむ、一応生みの親なのに。

恨みからは何も生まれないんだぞ。

「ロイド様、怒り狂った奴がどんな手を使ってくるかわかりません。ここは先手を打つべきでしょう。……でなければシルファたんやレンたんに被害が及ぶ可能性も……そ、それだけは避けなくては！」

ジリエルが何やらブツブツ言っている。

ふむ、考え方を変えてみるか。

そこまで恨んでいるのなら今度は準備万端で仕掛けてくるだろう。

しかし俺が城にいる時だと、他の人間を気にしなくてはいけないので迎え撃つのに色々面倒だ。

あれだけの力の差を見せつけた後だ、奥の手の一つや二つ持ってきてもおかしくない。

それはそれで楽しみではあるが、城ごと攻撃されても困る。万が一を考えてこちらから出向いた方がいいだろう。

「とはいえイドのやつ、一体どこにいるのやら」

イドは全く魔力の痕跡を残さなかった。

そこらへんは俺のコピーといったところか。見事な魔力操作だ。

普通に追跡するのは難しそうだし、はてさて一体どうしたものやら。

「どうしたの？　ロイド、難しい顔をして」

首を捻っていると、俺の肩越しにひょこっとレンが顔を出してくる。

「もしかしてあのイドって子のことを考えてた？」

「……よくわかったな」

俺が驚くのを見て、レンはクスクスと笑う。

「そりゃあわかるよ。だってロイドったら決勝戦終わってからずっとその調子なんだもの。あの子、終わってすぐに行方を眩《くら》ませちゃったもんね。どこに行ったか気になるんでしょ？　……でも、ボクたちなら捜せるかもしれないよ」

「本当か⁉」

「うん、ボクたちは元暗殺者、隠れ潜む獲物を狩るのは得意分野だからね。それにガリレアなら裏世界にも通じてるから、そっち方向からも手を伸ばせばきっと捜しだせると思う」

確かに、ホムンクルスであるイドは公式には存在しない人だ。表舞台に現れるまでは裏の世界で過ごしていた可能性は高い。

元暗殺者ギルドを取りまとめていたガリレアならば、色々と知っているかもしれないな。

「……そうだな。聞いてみるか」

「うんっ！」

大きく頷くレンと共に、俺は空間転移で跳ぶ。

空間転移で訪れたのはロードスト領、領主ガリレアの屋敷である。

扉を開けて中に入ると、禿頭の大男が驚いた顔で俺を迎えた。

「誰かと思えばロイド様、それにレンじゃねぇか！　久しぶりだなぁ！　オイ！」

「久しぶり、ガリレア！　領主の格好、似合ってるよ」

「ははは、ありがとよ！　お前こそメイド姿が板についてきたんじゃねぇのか？」

「こわーい先輩に鍛えられてますから。それより本題に入っていい？　ロイドが大事な頼みがあるんだってさ」

久々の再会を早々に切り上げ、レンは俺に話を譲った。

「悪いね。着いて早々。実は人捜しを頼みたいんだけど」

「人捜し、ですかい？」

「あぁ、イドという名の少年だ。年齢と背恰好《せかっこう》は俺とほぼ同じ。幼少期に裏社会に身を置いていた可能性がある。直近ではバートラムで錬金術師をしていたんだが……知ってるかい？」

「知ってるも何も、かつてターゲットにしたことがあるぜ。幼くして頭角を現した出自不明の天才錬金術師。まぁ下調べの段階で依頼者の逆恨みだとわかったから断ったがよ」

「筋の通らない殺しはご法度だもんね」

ガリレアたちの暗殺者ギルドは世直しを目的に構成された組織だ。

それ故か、罪のない者を殺すのは禁止しているのだろう。

というかあいつも恨みを買い過ぎだろう。

よそ者が成り上がっていくにはそれなりに無茶もしなければならないのだろうが、もう少し自重すべきである。


「てなわけで奴の過去はある程度洗っているからよ。行動パターンも目星がつくぜ。行きそうな場所もな」

「おおっ！　どこだ？」

「奴がねぐらとしているのはバートラムの城の近くの研究所、中央街の住居……後はバートラムの街から東の荒野に拠点を持っていた気がするな」

「イドは街から東の方向へ向かっていた。その荒野である可能性が高いな。詳しい場所はわかるか？」

「おう、大船に乗ったつもりで任せときな！　必ずイドとやらの居場所を突き止めてやるからよ！」

任せろとばかりに分厚い胸板を叩くガリレアだが、相手はあのイドだ。

そう易々と見つかってくれるとは思えないし、最悪の場合戦闘になる可能性もある。

そうなった場合、ガリレアたちではどうしようもないだろう。戦闘能力に差がありすぎる。

俺も一緒に行ければいいんだが、長期間城を留守にするわけにはいかないからな。

「そうだ、シロを呼ぼう」

ポンと手を叩く。

使い魔であるシロならば、俺と感覚を共有出来るので何かあってもすぐに空間転移で駆け付けられる。

「あの犬っころですかい？　そりゃありがてぇ、連れてきてくれりゃあすぐにでも……って何してるんですかい？」

俺がポケットから笛を取り出すのを見て、目を丸くするガリレア。

これは犬笛。

言うまでもなく犬にのみ聞こえる音を鳴らし呼ぶ為のものだが、魔術で強化しているのでその範囲は相当に広い。

思い切り吹くと、空気の震える僅かな音だけが部屋に響く。

そして、しばらく――

「おや、何か床が揺れてるぜ？」

ドドドドドド！　とうるさいくらいの地響きが聞こえてくる。

どうやらもう来たようだ。俺が屋敷の大扉を開けた瞬間である。


「オンッ！」


巨大な白い毛玉が俺に飛びついてくる。

ぼふっと真っ白な毛皮に包まれ押し倒された。

そしてベロンと大きな舌が顔を舐め上げる。

「な、なんだぁこいつは⁉」

「何って……シロじゃないか」

起き上がってシロの頭を撫でていると、それを見たガリレアが驚愕の顔を浮かべている。

「この犬っころ、前よりかなりデカくなってないですかい？」

「そういえば大きくなったなぁ。シロ」

「オンッ！」

嬉しそうにブンブンと尻尾を振るシロ。

一回り、いや二回りは大きくなっているだろうか。

従魔というものは主人の魔力に呼応して強く大きくなるらしいが、そのせいかもな。

「オンッ！」「オンオンッ！」「オンッ！」

鳴き声と共にシロの毛皮がもよもよと動き、数匹の子犬が顔を出す。

「よしよし、お前たちも来てくれたんだな」

そう言って一匹ずつ頭を撫でてやる。

こいつらはプチシロとミニシロ。シロと共に俺についてきた魔獣だ。

まだ小さいがこいつらもそのうちシロくらい大きくなるのだろうか。

「それじゃあみんな、ガリレアについて行ってイドを捜して欲しい」

「オンッ！」

シロたちの鳴き声が綺麗にハモる。

こいつらの戦闘力はかなりのものだ。

ガリレアたちと共闘すれば、イド相手でもそう簡単にはやられはしないだろう。

「ボクも行くよ。この間調合した薬で足跡の追跡が出来るかもしれないし」

そう言って胸元から小瓶を取り出すレン。

最近のレンは修行の成果もあり、色々な薬品を作り出せるようになっていた。

ガリレアやシロの追跡能力にレンの薬学が加われば、イドといえども追い詰められるかもしれない。

「よし、じゃあ任せたぞ。みんな」

「うんっ！」

皆に別れを告げ、俺は城へと戻るのだった。


「オンッ！　オンオンッ！」

翌日、早速シロが帰ってきた。

首に括り付けられている手紙をするりと解いて広げると、ガリレアの見た目に似合わぬ繊細な字が紙面を綴《つづ》っている。

「えーとなになに……目標地点を探索した結果、それらしき場所を見つけた。シロがそこまで案内してくれるはずだ。……か」

流石、仕事が早いな。

「くぅーん」

「うんうん、ありがとうなシロ」

よしよしと頭を撫でると、シロは俺の襟首をひょいと咥えて背中の上に放り投げた。

「よし、行こうかシロ！」

「オンッ！」

俺がしがみついたのを確認してシロは力強く地面を蹴る。

ひとっ飛びで城の外に出て、草原を駆けていくシロ。昔よりも更に速くなっているな。

俺の『飛翔』に近いレベルである。

凄まじい速度で景色が流れていき、荒野のど真ん中で停止した。


「おー、来ましたかいロイド様。流石に速《はえ》えや」

「というか結構城から距離が近かったな」

ここはサルームとバートラムの丁度中間にある荒野。

普段は人通りもほとんどなく、何か悪巧みをするならうってつけの場所だ。

「うん、この荒野なら結構無茶をやっても問題は起こらなそうだ。イドのやつ、いい場所を見つけたな」

「裏の世界ではここいら一帯は割と有名な隠れ場所でしてね、打ち捨てられたダンジョンが多く、それを改造して住処にしてる輩がいるんでさ……おっ、あそこですよ」

ガリレアの指さす先、巨大岩盤に蓋をされたような場所が見えた。

近づいてみると、レンの薬品で浮かび上がったイドの足跡が奥の階段へと続いている。

なるほど、これなら隠れ潜むには最適だ。

「よく見つけてくれた。それじゃあシロとレンだけついてきて、他の皆は外で待っててくれ」

ぞろぞろついてこられても、戦闘になったら守り切れないからな。

シロには嗅覚と機動力、レンには薬でのより詳細な追跡力があるので必要だ。

「気ぃつけて下さいよ」

「うん、ガリレアたちもヤバくなったらすぐ逃げるんだぞ」

「はっはっは、こちとら逃げ足には自信がありますぜ！」

レンと顔を見合わせて苦笑しながらも、俺たちは地下へと潜っていく。

「うわぁ、すごく広いね」

感嘆の声を上げるレン。

目の前には直径100メートルはあろうかという巨大な穴が真下まで続いている。

恐らくダンジョンの天井を破壊し、吹き抜けにしているのだろう。

その上に岩盤で蓋をした、と。

相当手間をかけているようだが、そこまでしてこれほど大きな穴を作る意味があったのだろうか。

ともあれ俺たちは穴の周りに取り付けられた螺旋階段を降りていく。


「なんかイヤーな感じ……」

「感知用の結界を張っているようだな」

侵入者が触れれば、それを術者が感知出来る結界が広範囲に展開されている。

当然、中和結界を展開してすり抜けるようにして移動しているが、レンはその際に生じる魔力の歪みを感じているのだろう。

おかげで向こうからは察知されないが、代わりにこちらも下の様子はわからない。

どんどん降りていくと、ぼんやりと明るくなっていく。

「底が見えて来たよ、ロイド」

「うん、だけどイドはいないようだな」

ここまで来ると流石に魔力を探知出来るが、周りからはイドらしき魔力は感じられない。

地面の底まで降りると、だだっ広い空間が広がっている。

レンがしゃがみ込み地面に薬品を振りかけると、ぼんやりと足跡が浮かび上がってくる。

足跡は辺りを歩き回っているようだ。

「おかしいなぁ。足跡はここへ続いているし、出て行った形跡は見当たらないのに……」

「ウゥゥ……」

シロもまた地面に鼻を擦り付け嗅ぎまわっているが、匂いの元にはたどり着かないようで辺りをぐるぐる回っている。

……ふむ、ここにいたのは間違いなさそうだが、外に出た様子もないか。

なのに気配を感じないとは何とも不可思議だ。

隠れ潜む場所は見当たらないし、一体どこへ姿を消したのだろうか。

奥には小部屋があり、そこには錬金術に使う用途のフラスコや試験機器、様々な液体や金属が置かれている。

どうやらここは何かの研究施設だったようだが……む。

ふと、俺はそこに置かれているものに既視感を覚えた。

ラミィたちが行っている合成生物の実験で使われていた装置とそっくりなのだ。

人造生物の研究……？　だがあそこの何倍もあるようだぞ。一体何をしていたのだろうか。

「ロイド、ちょっと来て！」

「どうしたレン」

レンに呼ばれて元いた広場に戻ると、地面がぼんやりと光っている。

「薬を地面に撒《ま》いてみたの。そしたら……ほら」

「見事に中央部分だけは反応がないな」

広場の中央、直径10メートルほどの範囲だけ、切り取ったかのように薬品の反応が見られない。

まるで『巨大な何か』があったかのように。

「恐らく、イドはここにあったゴーレムに乗って逃げたんじゃないかな。それならシロの嗅覚でも追えないだろうし」

「くぅーん」

なるほど、理にはかなっている。

ゴーレムを作るにはこれくらいの大穴は必要だろうし、飛行能力を持つゴーレムなら足跡を残さず飛び去ることも可能だ。

しかし何かが引っかかる。一体何が……

「おお――い！　おおお――い！」

俺が考え込んでいると、頭上から声が聞こえる。

ガリレアが何か叫んでいるようだが、遠すぎてよく聞こえない。

何やら切迫している様子だ。ここにはもう用はないし、戻るとするか。

「レン、シロ、俺に掴まれ」

「う、うん！」

二人を俺に掴まらせ、風系統魔術『飛翔』を発動させる。

風が俺たちの身体を包み、ふわりと浮いてあっという間にガリレアのいる場所まで上昇した。

「どうかした？」

「ロイド様、大変だぜ！　今バートラムを調べさせてた部下から知らせが入ったんだがよ、どうやら巨大なゴーレムが暴れてるらしい！」

「それってもしかして……！」

ガリレアの言葉にレンが俺の顔を覗き込む。

なるほど、ここに置いてあったゴーレム、か。

薬の跡からして、相当なサイズだったし理にはかなっている。

何かが引っかかるが……ともかく行ってみるとするか。


「ありがとうガリレア、ちょっと行ってくるよ」

「……気をつけてね、ロイド」

「俺たちがついてってても足手まといだろうしな。おいおいレン、寂しそうな顔してるんじゃねぇぜ」

「し、してないし！」

「オンッ！」

顔を赤らめるレンと尻尾を振るシロを地面に降ろし、俺は大きく伸びをする。

「よし――行くか」

そう小さく呟いて、俺はその場を一気に飛び去るのだった。

飛び続けることしばし、バートラムの街が見えてきた。

街の至る所で煙が上がっているようだ。

「くそっ、遠くて見えやしねぇ！　一体何が起こってるんだ⁉」

「どうやら戦闘のようですね。私もよくは見えませんが」

グリモとジリエルが俺の手から顔を出して目を細めている。

俺もイドがいるかどうか、確認しておくか。

指先で円を描き、バートラム上空と空間を繋げる。

空間転移は強い繋がりを持っていない場所へは飛べないが、見るだけならば制限は軽くなる。

円の中の風景が歪み、ゴーレムファイトが行われていた中央広場が映し出された。

見ればゴーレムたちが巨大な何かと戦っているのが見える。

「な、なんだぁありゃあ……⁉」

「ゴーレム、でしょうか。それにしても何という異形……！」

その光景を見て驚愕する二人。

ゴーレムファイトに出ていた数体のゴーレムが向かい合っているのは、一回りも二回りも大きな巨大ゴーレム。

いや、ゴーレムと言っていいのだろうか。何百年も生きた大木のような大きく歪んだ巨体、その四肢を覆う触手は木の根のように足元まで広がっていた。

その中央部にはイドの魔力の鼓動が感じられる。

――どうやら間違いなくあそこにいるようだな。

「なんつー不気味な風体だ……邪神が可愛く見えてくるってもんだぜ……」

「地獄の亡者どもが積み重なった蜘蛛の糸の塔のようですね……なんとおぞましい……」

確かにあれはすごいな。

本来ゴーレムは山石や金属で作るものだが、あれは魔物などの生体を培養し、繋ぎ合わせて作られているな。

まさに生体ゴーレムとでも言ったところか。

先刻の拠点にはゴーレム製造に使うような機械部品ではなく、むしろギタンが行っていた生命研究のための器具が置かれていたのが不思議だったが合点がいった。

ただあそこで見た跡より、かなり大きい気がするが……

「しかし生体ゴーレムか。当然それなりに強いのだろうが……」

戦いを見ていると、他のゴーレムたちの攻撃をモロに受けている。

あの巨体だと街中では動きにくそうだ。

レオンハートの方がよかったんじゃないだろうか。

まぁあれは俺が真っ二つにしたんだが。

そんなことを考えていると、巨大ゴーレムが、向かい合っている一番近いゴーレムを掴み捕らえた。

そのまま握り潰すのかと思いきや、捕らえたゴーレムを無数の触手が飲み込む。

直後、巨大ゴーレムの全身がぐねぐねと蠢《うごめ》き、触手が巨体を覆っていく。

「うおっ！　な、何だかデカくなってやがりませんか⁉」

「内包魔力が増大していますね。ゴーレムでありながら、まるで生き物のように捕食し、成長しているとでもいうのでしょうか。……なんとも恐ろしい」

更に巨大ゴーレムは、他のゴーレムを一体、また一体とその身に吸収していく。

その度に内包魔力が大きく、強くなっている。

姿形も目まぐるしく変化しているようだ。

まるで進化の過程を早回しで見ているかのような……

「やぁロイド、やっときてくれたみたいだね」

頭の中にイドの声が響く。『念話』だ。

「イドか、何をしているんだ？　俺と戦いたいんじゃなかったのか？」

「もちろんですとも。ですが今のタルタロスでは君に勝つことは出来ないでしょう。もう少し待っててくれれば、今度こそ最高の状態で戦えると約束しますよ」

他のゴーレムを取り込みながら、くすくすと笑うイド。

「タルタロスってーと、魔界でも最強の一角とされる神の名ですぜ」

「地獄の門の名を冠する邪神、ですね。天界にまでその名は轟《とどろ》いております。そのような名を自身のゴーレムに付けるとは……相当自信があるようですね」

邪神タルタロス、古い魔術書にちょくちょく出てくる、全てを飲み込み無限に膨張する存在だ。

なるほど、あのゴーレムの特性はまさしくタルタロスそのもの。

……面白い。あれがイドの切り札というわけか。

「上等、そういうことなら楽しみにさせて貰うとしようか。せいぜい俺が到着するまでに準備を万端にしておくんだな」

「……ええ、今度こそあなたを倒します。ロイド」

「楽しみにしておくよ」

そう言って『念話』を切ると、俺はディガーディアの置いてあるバートラム郊外へと向かう。

ようやく目的地が見えてきた辺りで、俺はあるべきものがないのに気づいた。

「ディガーディアが……ない⁉」

ここにあるはずのディガーディアが見当たらないのだ。

きょろきょろと辺りを見渡すが、やはりどこにもない。

あんな巨大なものを見落とすはずがないのだが……一体どこへ行ったんだ？

「ロイド様、足跡が残ってやすぜ！」

「神聖魔術にて影を濃く浮き上がらせています。それを追いましょう」

「でかしたぞ。グリモ、ジリエル」

ジリエルの放った光で足跡が鮮明に見える。

あれを追っていけばディガーディアに辿り着くはずだ。


「それにしても一体誰が……まさかゼロフ兄さん……？」

ディガーディアに乗れるのは俺以外にはゼロフだけだ。まさかというか、それ以外ないだろう。

だが足跡の向かう先はあの広場。まさかタルタロスと戦おうというのだろうか。

「……らしくないな」

ゼロフは人と関わり合うのが苦手だったはず。

ゴーレム戦では観客に手も振らなかったし、パーティにも参加しないほどの人嫌いだ。

だからてっきり自分の大事なディガーディアを街から離す為に乗り込んでいると思っていたのだが……戦いの真っただ中である広場に向かうのは理屈に合わない。

「ともあれ追うとするか」

ディガーディアがないとタルタロスとは戦えない。

足跡を追いかけていると、広場へ向かおうとしているディガーディアを見つけた。

あっさりと追いついたところで俺はディガーディアの背中部に飛びつく。

「ゼロフ兄さん！　聞こえますか⁉」

「！　ロイドか⁉　何故ここに……少し待て！」

ゼロフが声を上げディガーディアが停止する。

俺は背中をよじ登り、ハッチを開いて出てきたゼロフと向かい合う。

どこか覚悟を感じる表情、まさかディガーディアで戦うつもりなのだろうか。

俺は思わず声を荒らげゼロフに問う。

「ゼロフ兄さん、どうしてディガーディアに乗って広場へ向かっているのです⁉　まさかあの巨大ゴーレムと戦うつもりではないでしょうね⁉」

「……そのまさかだよ。吾輩はあの巨大ゴーレムを止める為に広場へ向かっている。この国の民を守る為にな」

「な……第三王子ともあろう方がそのような危険を冒すとは！　一体何を考えているのですか！」

　いくら何でも無茶である。

　王族たるものそんな軽率に命をかけるのはよくないだろう。

「どの口が言ってるんすかねぇこの方は。王子であるロイド様が日々どれほどの無茶をしていると……」

「そりゃ確かにロイド様に限って言えば命の危険は微塵もありませんが……」

　二人が何故かドン引きしている。

　何言ってるんだ。第三王子と第七王子では命の重みが違うだろ。

　ゼロフはダメだけど俺はいいの。

「しかし何故です？　ゼロフ兄さんは率直に言ってしまえば人嫌いな方。そんなゼロフ兄さんが今、手をかけて作り上げたゴーレムとその身を挺《てぃ》して他国とその民を守ろうとしている……なんてのは道理が通りませんよ！　すぐに引き返してください！」

　俺の言葉に、ゼロフは少し考えて苦笑を浮かべた。

「……ふっ、ロイドよ、お前は勘違いしているぞ。吾輩は別に人嫌いなどではない。ただ人と関わり合うのがどうも照れ臭いだけなのだ。誤解されやすいがな」

「え……そ、そうなのですか？」

「うむ、そんな吾輩にこの街の人々やルゴールら錬金術師たちは優しくしてくれた。吾輩は人見知りだからな。色々と上手く応えることができなかったが……今こそ皆の声に応える時。だからロイド、そこを退《ど》け。今、この街を守れるのは吾輩とディガーディアだけなのだから」

そう言って強く拳を握りしめるゼロフ。

なんてこった。これはマジな顔だ。

本当にただの人見知りだったとは……そんなゼロフが皆のために戦うというのなら、俺は——

「ゼロフ兄さん……わかりました」

「おお、わかってくれたかロイド」

「はい、ですのでゼロフ兄さん——」

——俺は、ゼロフをディガーディアから突き落とした。

もちろんすぐに風系統魔術で包み、ゆっくりと着地させる。

地面に降りたゼロフは俺を見上げ、声を上げる。

「ロイド！　お前何を！？」

「ゼロフ兄さんの意志は受け取りました。ですので後は俺に任せてください」

「あっ！　こら、ロイド！　ロイドーっ⁉」

俺はゼロフの声にかまわずハッチを閉める。

ゼロフの覚悟は立派だと思うが、俺にもイドとの約束がある。

悪いがディガーディアに乗るのは俺だ。

「ロイド……お前は吾輩の身体が恐怖に震えていたことに気づいていたのだな？　だから吾輩の代わりにディガーディアに乗り込んだ。……全く兄として情けない限りだよ。しかし吾輩はお前を誇りに思う。勝ってこいロイド、お前ならきっと出来る！」

ゼロフが無事降りられたかとモニターで確認していると、何やらブツブツ呟いているようだ。よかった。特に問題はなさそうだ。さて行くか。

レバーを倒し、全速前進。追いすがるゼロフを置きざりにする。

待ってろイド。決着をつけてやるぜ。

◇◇◇

ディガーディアを前傾に倒して街を一気に駆け抜けていると、前方で民家が崩れた。

崩れ落ちる瓦礫に交じって見えるのは、小さな子供だ。

「ロイド様、子供が落ちてきやすぜ！」

「うん、見えている」

そう言ってディガーディアを急加速させると、落ちてくる子供をキャッチした。

「間一髪でしたねロイド様。他にも逃げ遅れた人々がいるようですが……」

「あぁ、これじゃ戦いに集中出来ないな」

子供をそっと地面に下ろして立ち上がり魔力集中を行うと、人の気配がそこかしこにあるのがわかる。

このままだと戦いの邪魔になりそうだし、退いて貰うか。

「感知、範囲拡大、座標指定……『飛翔』」

風系統魔術『飛翔』の術式を組み替え、自分以外の生物に作用させたのだ。

バートラム街中の人間数千人＋犬猫家畜が風の衣に包まれ、ふわりと宙に浮き始める。

それを全て、街の外へと飛ばした。

「お優しいこって。……ですがどうもこれだけの街にしては人が少なかったようですな」

「恐らくイドが、俺と同じように街の人々を逃がしたんだろうな」

先刻、『飛翔』にて街の人々を浮かせた時に、広場付近に全く人がいなかった。

普通に考えれば逃げ遅れの一人や二人はいるはずだが、それがいないとなるとイドが退避させたと考えるのが妥当だろう。

「なるほど、ロイド様のホムンクルスであればその程度、わけはないでしょうしね」

「うん、とにかくこれなら街全体を使って戦えそうだ。思う存分ね」

俺は笑みを浮かべると、思い切りレバーを倒し、全速力にて広場を目指す。

いつの間にかタルタロスの大きさは、ここからでも見えるほど巨大になっていた。


「そろそろ広場ですぜ、ロイド様！」

「心の準備をしてくださいませ！」

二人の声に頷きつつ、ディガーディアを走らせる。

目の前の時計塔の向こうが広場だ。

瓦礫を踏み潰し、廃墟《はいきょ》を飛び越え、最後の直線に入ったその時である。

どがぁぁぁぁぁん！　と激しい音と共に目の前の塔が縦に割れた。

崩れ落ちる瓦礫と舞い上がる土埃《つちぼこり》を、巨大な触手が振り払う。

その先に見えるのは、規格外な大きさに成長したタルタロスだった。

ディガーディアの二十倍はあろうかという巨体、全身の触手は更に増え、更に伸び、地面を覆うほどになっていた。

というかタルタロスの身体はほぼ触手、イソギンチャクのようになっている。

見上げた先、頭部の辺りにゴーレムらしき何かがあるだけだ。

これではどこを狙っていいかすらわからない。

なんという巨体だろうか。

「ここからではゴーレムの顔すら見えませんね」

「でけぇ……！」


「おおっ！　ディガーディアア！　もしかしてロイドかい⁉」

「ルゴール！」

声の方を向くと、マギカミリアが土煙の中から現れる。

「よかった！　来てくれたのか！」

「うん、状況は？」

「最悪ではないよ。君が来てくれたから。……もちろん良くはない。マギカミリア以外のゴーレムは全部奴に取り込まれてしまったよ」

憎々しげな歯嚙みの音がゴーレム越しにも聞こえてくる。

魔力集中で探ってみると、周囲に魔力炉反応はなし。

代わりにタルタロスの内部にその全てが集まっていた。

他のゴーレムを吸収し、ここまで大きくなったのか——いいね。潰し甲斐がある。

目立つの覚悟でゼロフから強引にディガーディアを奪ってきたのだし、その分楽しませてもらわないとな。


「やろうロイド、僕たち二人で！」

「いや、ルゴールはここで引いた方がいい」

「な……っ⁉」

信じられないといった声のルゴールに、俺は言葉を続ける。

「もう燃料が切れかけているんじゃない？　関節部を破損してるみたいだし、装甲もボロボロ、もう限界だと思うよ。ここは俺に任せて後方に下がるんだ」

というか折角の一対一の戦いに水を差されると困るんだよな。

下手に俺たちの戦いを見られても後で困るし。

「し、しかし……」

「そのゴーレム、大事にしてるんでしょ？」

それにマギカミリアの外装には、無駄ともいえる程の膨大な手間がかかっている。

術式や制約もなしにゴーレムを女性型にする理由は、愛しかないだろうからな。

そんなゴーレムを巻き添えにするのは非常に心苦しい。

図星だったのだろう、俺の言葉にルゴールは息を呑んで答える。

「……あぁ、その通りだよ。かつて我が国を守った英雄、戦女神と敬われた人を模したマギカミリア。この機体には僕たちの想いが込められている。だから無理はしなかった。出来なかった。……でもね、同じ錬金術師としてアレを野放しには出来ないんだよ。ゴーレム製造には大勢の人が関わっている。莫大《ばくだい》な金と膨大な時間、そして人の夢が懸けられているんだ。そんなゴーレムが制御不能に陥り、街を破壊したなんてことになったらもう二度とゴーレムを作れなくなるからね」

ルゴールの言う通り、遥か昔から今現在に至るまで人々は様々な技術を生み出してきた。

そんな中、人の力で御しきれない危険な技術は禁術とされ闇に葬られてきたのである。

一度目をつけられれば同系統の技術にも目を向けられ、そうなったら錬金術そのものが禁じられる可能性すらあるだろう。

そうさせない為にルゴールら錬金術師は逃げなかったのだ。

自身の手であのゴーレムを止め、皆にゴーレム自体は悪しき禁術ではないと証明せねばならないから。

魔術史にもそうして禁術とされてきたものは幾つもある。

気持ちはわかる。俺だって極悪な魔術師の暴走で魔術全てが禁じられそうになったら、命がけで戦うだろうからな。うんうん。

「どちらかといえばロイド様がやらかす側じゃないっすかね」

「というか既に大分やらかしている気も……」

グリモとジリエルが何やらブツブツ言っている。

そうこうしているうちに、煙が晴れたその向こうでタルタロスと俺の視線が合う。


「待ちわびましたよロイド、ようやく来てくれた！」

「イド……！」

「ふふ、あなたを見下ろせる日が来るなんてね。タルタロスを作った甲斐があるというものです。ふふ、あははははは！」

勝ち誇ったように高笑いするイド。

だがすぐに笑うのを止め、こちらを向き直る。

「戦力差は歴然、とはいえ相手はあなただ。出し惜しみをして勝てる相手だとは思っていません。最初から全力で行きますよ」

タルタロスが一歩、二歩と歩み寄ってくる。

そのたびに地面が揺れ、家屋が崩れる。

すさまじい圧力、まるで大気が震えているようだ。

俺はそれに応じるべく、ディガーディアのレバーを握りしめた。


対峙するタルタロス、その無数の触手がうねり、のたうち——そしてぴたりと俺へと狙いを定める。

びっしりと広範囲に広がったそれは、まるで騎兵を止める槍衾《やりぶすま》のようだ。

「数千を超えるタルタロスの触手、避け切れますか⁉」

イドの声と共に降り注ぐ触手の雨。

回避一番、俺はバーニアを逆向きに吹かし後方に飛んだ。

前方に突き刺さる無数の触手が地面に大穴を開けていく。

「なんつー速度と威力！　他のゴーレムとは比べ物にならねぇですぜ！」

「しかもあの触手、攻撃のたびに周囲の魔力をごっそり奪い取っています！」

魔力を吸い取る魔物はそれなりにいる。

その手の魔物は物理攻撃で倒すのがセオリーではあるが……

「一応やってみるか」

抜き放つは大魔剣、単純に術式で強化したこいつの斬撃なら奴の触手も切断できるだろうか。

構えたそれを触手目掛けて斬りつける――が、真ん中あたりで止められてしまった。

「バカな！　ロイド様が何十何百と術式を編み込んだあの大魔剣を防ぐとは！」

「異常な硬さと弾力ですぜ！　しかも即座に再生してやがる！」

二人は驚いているが、ぶっちゃけ俺はこうなると想定していた。

殴って倒せるならマギカミリア含む他のゴーレムたちがある程度ダメージは与えているはずだからな。

カオスクラーケンの触手にエビルプラントとエタニティシードの体組織を埋め込んだ、とでもいったところか。

軟体生物の柔軟かつ強靱な筋力、植物の生命力と再生力、それをあの巨体に積んである大魔力路で無理矢理成立させているのだろう。

やるじゃないかイドのやつ、相当な錬金術の知識がないとできないことだ。

「おもしろい、どれ程の出来映えか見せてもらうとするか」

先刻の大魔剣は何の工夫もない素の状態。

確かに術式による強化はかけられているものの、あくまですごく良く斬れる剣でしかない。

もちろん普通ならそれだけで十分すぎるのだが、ディガーディアには他にも沢山の仕掛けが施してある。

というわけで連結器の起動スイッチをオンにする。

コクピットと機体を直結させることで俺の魔力のみならず、『気』をも機体を通して発動させることができるのだ。

これだけ丈夫な的を相手に出来るチャンスは滅多にない。いい機会だし一通り試させてもらうか。

「まずは『気』でいってみよう」

全身で練り上げた体内の『気』を機体全身に巡らせるイメージ。

手にした大魔剣がうっすらと光を纏っていく。——よし、リンク完了。いけそうだ。

「よっと」

ぶぅん！　と風切り音と共に宙を舞う触手。

先刻までの手ごたえは全く感じず、紙でも切っているかのようだ。

それでも向かってくる触手を俺は次々と斬り飛ばしていく。

「おいおい、『気』を武器に、しかも機体越しに纏わせてやがるのか⁉　何十年も修行をした達人ですら武具に『気』を纏わせるのは至難！　俺様ですら数人しか見たことねーってのに、それをあっさりやってのけるとは……！」

「魔物相手に『気』による攻撃は非常に効果が高いものですが、元々攻撃力のある魔剣と組み合わせることで更にとんでもない威力になっていますね……」

二人が何やらブツブツ言っている。

どうやら『気』による斬撃は生体相手には十分効果があるようだな。

「しかし相手はもう再生しかかっているな。『気』の伝達を強めないと、これ以上の相手と斬り結ぶのは難しそうだ」

「恐らくこれ以上の相手と戦うことは二度とないと思いやすが……」

「タルタロス自体、世界を滅ぼしかねない性能を持っていますからね」

二人は何故かドン引きしている。

俺は冷静に状況を分析しているだけなんだけどな。

「お次はこいつだ」

纏わせた『気』に加え、魔力も練り込む。

異なる二つの力が渦巻き混じり、雷光を放ち始めた。

機体越しだからか完全に融合させるのは難しいようだ。少しノイズが混じっているな。

「そりゃっ」


魔術と気術を加えた斬撃を繰り出すと、触れた触手が消し炭になった。

タルタロスはよろめき、たたらを踏んでいる。

うん、中々いい攻撃力だ。

大魔剣は編み込む術式を抑えることで、状況に応じて形態を変えられるようにしてある。

こんな相手は滅多にいないし、最近生み出した術式を片っ端から試してみるか。

剣速を上げる術式、激突の瞬間に爆発し衝撃を与える術式、機体を浮かせ高速移動させる術式、剣自体の重量を操作し受け手を翻弄する術式……あれもこれもそれと……おっと
流石に盛り過ぎか？　でも楽しくなってきたぞ。

「ふふふ、いいですね。流石はロイド！　このくらいはやってくれないと歯ごたえがありません！」

俺の攻撃にイドも高笑いで答える。

見れば触手は切り落とす先から再生している。

もちろん何の問題もない。試したいことはまだまだ山ほどあるからな。

降り注ぐ触手の攻撃を様々な趣向でもって捌く、弾く、防ぐ、尽《ことごと》く斬り伏せていく。

じりじりと歩を進めていくが、いくら斬っても触手は生えてくる。

相当な再生速度だ。

かなりの数の触手を切除したはずだが、まだ本体は見えてこないな。

「この強度に加えて再生力、キリがありやせんぜ」

「地道に削っていくしかないかなー」

触手の森をかき分け進んでいく最中、後方から差していた陽光が消えた。

どうやら体内に閉じこめられたようだ。

触手の壁に偏りがあると思っていたが、なるほど。これを狙っていたのか。

「かかったねロイド！　僕の中で朽ち果てるがいい！」

イドの声と共に、全方位から触手が一斉に襲い来る。

剣一本で捌き切るには少々骨か。——もう少し試したかったが仕方ない。

俺がスイッチに指をかけた、その時である。

どおん！　と爆発音が生じ、俺を取り囲む触手の壁が大きく揺らいでディガーディアが外に出された。

「待ちたまえ！」

ルゴールの声が響き渡った。

攻撃の飛んできた方を見ると、そこにいたのは杖を携えたマギカミリアだ。

「僕たちはまだ、終わってないぞ！」

「君は……なんだ、まだ残っていたのか」

俺へ向けたものとは打って変わり、イドの声は冷たく無関心なものであった。

「――いや、すまない。侮辱するつもりはないんだ。君たちのおかげでロイドとここまで戦えるようになったのだからね。感謝すらしている。だがこれ以上の邪魔立ては無粋というもの。今なら見逃そう。回れ右してここを立ち去ると良い」

だがマギカミリアはその場を動こうとしない。

それどころか全身から蒸気を噴き出し、手にした杖に魔力を充填させている。

「あいにくだがその提案は飲めないね。ロイド！　君が時間を稼いでくれたおかげで魔力のチャージが完了した！　今からこの触手を吹き飛ばす。その隙に奴の本体を叩いてくれ！」

「ルゴール……」

先刻の一撃、確かにこの触手を吹き飛ばした。

マギカミリアの武装ではあの触手にダメージを与えるのは難しいはず。にもかかわらず一体どんな手品を使ったのだろうか。……興味あるな。

「わかったよルゴール、共に奴を倒そう！　さぁ今のをまたやってくれ！」

「ロイド様、すげぇ目をキラキラさせてやすね……」

「きっと見たことのない技術を見られると思っておられるのでしょうね」

二人は何やらブツブツ言ってるが、ルゴールは感動したようだ。

「ロイド……応とも！　我らが力を合わせれば、貫けぬものなどない！」

マギカミリアが杖を構えると、そこへ向かって勢いよく魔力が流れ込んでいく。

ふむふむ、機体の全身五ヵ所から強い魔力反応。

複数基の魔力炉を取り付けているのだろうか。

……いや、違うな。あれは魔力増幅器。回路自体に術式を書き込むことで、通常よりも遥かに大きい魔力を生み出しているのだろう。

たかだか1ミリ程度の回路にそれだけの術式を書き込むなんて、とんでもない手間だな。相当な愛がないとできないだろう。

俺が感心している間にも、マギカミリアの魔力はすさまじい勢いで高まっていく。

「魔力炉解放、一番から二十九番回路まで全て使う。出し惜しみはなしだ――」

杖の先端がまばゆく輝き、そして——光の渦がタルタロスへと一直線に伸び、爆《は》ぜる。

衝撃波で周囲の家屋が消し飛び、高熱が壁や屋根を溶かしていく。

「うおおおっ！　こいつはとんでもねぇ威力だぜ！　あんなしょぼくれたゴーレムにこれほどの威力が出せるとはよ」

「えぇ、これならイドといえども耐えられるものではありますまい！　さぁロイド様、今のうちに本体を！」

だが俺は動かない。

閃光の向こう、触手の壁はまだ解けていない。

それどころかむしろ——


「ば、バカな……⁉」


出力限界が訪れたのだろう。マギカミリアの放つ光が徐々に弱くなっていく。

もうもうと立ち上る煙の中、うごめいていた細長い影が鞭《むち》のようにしなった次の瞬間。

——ずん！　と鈍く重い音が辺りに響き渡る。

伸びた触手はマギカミリアの胴を貫いていた。

パチパチと火花の爆ぜる音、圧縮された空気が抜けていくような音。

杖を構えたまま貫かれたマギカミリアの姿が煙の中から露わになる。

「し、信じられない……全魔力を込めた一撃だぞ……⁉　先刻は効いたはず！　なのに何故、微動だにしないんだ……⁉」

愕然とするルゴールに、イドは苦笑を返す。

「そりゃまぁ先刻はロイドに注力していたので、他は無防備だったものですから、少々のダメージを受けてしまうのも仕方ありません。ですがそれを見て調子付いてしまうというのは……何というか、滑稽ですね」

「く……！」

「さて、気は済みましたか？　でしたら今度こそ退場していただきましょう」

タルタロスの触手が一本、二本とマギカミリアの手足に絡みついていく。

メキメキと機体が軋む痛々しい音、その手足があらぬ方向へと曲がり始める。

「や、やめろ！　やめてくれ！」

懇願するルゴールだがイドはそれにかまわず力を込めていく。

マギカミリアの外装が剝がれ落ち、内部パーツが弾け飛ぶ。

「さようなら」

とどめとばかりに触手が大きく膨れ上がった、その時である。

マギカミリアが消失した。

俺が空間転移で郊外まで飛ばしたのだ。

「その辺にしとけよ、イド」

「ロイド……まさか彼を助けたのですか？」

「まぁね」

件の術式回路はあくまでも俺の想像、実物を見なければわからない事も多々ある。

機体が破壊されたらそれもわからなくなってしまうからな。

あとで修理にかこつけて見せてもらおう。うん、ナイスアイデア。

「やれやれ、随分とお優しいですね。僕にはそんなこと、一度としてしてくれなかったというのに」

嫌味たっぷりに言ったイド。

「刺々しい物言いだな。そんなに俺が憎いか？」

「……だからここに、こうして立っている。あなたを倒す為にね」

勿体《もったい》ぶった口調のイドに、俺はため息を一つ返した。

「何でもいいけどさ。それ以上、御託が必要か？」

「——いいえ」

イドがそう言うと、タルタロスは触手を無茶苦茶に振り乱す。

その数はゆうに数百本を超えていた。

「これ以上の言葉は不要です！」

タルタロスの瞳が赤く光り、触手が無数の風切り音を奏でながら襲いかかってくる。

触手か。だがそれはもういいんだよな。

レバー横のスイッチを押すと、ディガーディアの尾が生き物のように呻《うな》る。

その接続部分がパージされ、地面に突き刺さる。

分かたれた尾は地面を掘り進んでいき、あっという間にその姿は見えなくなってしまった。

——そして、ずずん！　と地面が大きく揺れる。

「な、なんだこりゃあ⁉」

「地面が……沈んでいるですと……⁉」

ディガーディアの尾は追尾弾となっている。

対象目掛けどこまでも追いかけていくこの追尾弾。その先端部分にはドリルが取り付けられており、文字通りどこまでも追尾する。

硬化の術式を書き込んだ刃はあらゆる物理的な壁を貫通し、俺が爆破させるまでどこまでも追尾するのだ。

対象は地中深くに感知した自然の魔石、ただし命中させるのはたっぷりと地中を掘り進んでからだ。

「空洞だらけの地中で大爆発が起こればどうなるか、説明するまでもない」

足元が崩れたタルタロスは触手ごと機体を地面に沈ませ、身動きが取れなくなっていた。

触手を使って這《は》い上がろうとするも自重を支えることは出来ず、どんどん深みに落ちていく。

大きくて重いのは結構なことだが、それに付随する欠点も当然生まれるのだ。

「さて、まさかもう終わりじゃないだろうね」

「当然、想定していますよ」

イドが呟いたその直後――ばきん、と何かが外れるような音がした。

ばきばきと、断続的に鳴り響く音と共にタルタロスの身体が崩れていく。

「ど、どうなってんだこりゃあ……」

「竜、でしょうか……しかしこの姿はまるで……」

崩れた巨体の中から見えたのは、蒼《あお》き竜。

巨大な翼に長く伸びた尻尾、鋭い爪と牙、蒼銀《そうぎん》に輝くボディ。

一部に触手や生体部品が付いてはいるが、その姿は紅き竜、ディガーディアと合わせ鏡のようであった。

「これがタルタロスの本体です。……しかしディガーディアを見た時は本当に驚きましたよ。つくづく僕はロイドのコピーなんだとね。ですが姿形は同じでも、スペックの方はどうでしょう？」

蒼き竜、タルタロスが崩れ落ちる触手の山から飛んだ。

――疾い！　高速で飛来するタルタロス、鋭い両爪がディガーディアの頭を狙う。

魔力障壁を展開し防御を試みる、が触れた瞬間融解していく。

即座にそれを察知した俺はギリギリで攻撃を回避した。

「そう、中和結界ですよ。あなたが使ったのと同じものだ」

「考える事は同じか。……だったら」

腰から大魔剣を引き抜き、斬撃を繰り出す。

同時に、タルタロスもまた背中から巨大な剣を抜いてきた。

ぎぃん！　と鋭い音と共に弾ける火花。
二、三度打ち合った後、互いに距離を取った俺とイドは背中の魔力砲を構えた。
放たれた魔力砲が二体間の丁度真ん中で激突し、大爆発が巻き起こる。

立ち上る煙へと突進を仕掛けるが、向こうも同じことを考えていたようだ。

すれ違いざまに斬り結びながら、街中を走り抜けていく。

「おいおい、まるっきり同じ武装じゃねーですかい！」

「そのうえ機能も完全に互角……いや、わずかに向こうの方が……」

斬撃のたびに、大魔剣が僅かずつではあるが欠けていく。

砲撃もやや威力負けしており、相殺しきれない分のダメージを確実に貰っていた。

「ふふふ、どうやら僕のタルタロスの方が、あなたのディガーディアよりも上のようですね。ですが気を落とすことはありません。長い間研究を続けてきた僕にここまで追い縋《すが》れたこと自体が異常なのですから。ですがそれもここまでですよ！」

構え迫り来るタルタロス。

それに応じるべく大魔剣を構えようとして、気づく。

いつの間にかタルタロスの尾がなくなっていることに。

「ロイド様！　下ですぜ！」

グリモの声に反応した瞬間、追尾弾が姿を見せる。

——そこまで同じとは。思わず苦笑いをしつつ、大魔剣にてガードする。

閃光と衝撃、機体が吹き飛んだのがコクピットからでもわかる。

ディスプレイに視線を落とすと、真っ二つにへし折れた大魔剣が映っていた。

「正面です！　ロイド様！」

ジリエルの声とほぼ同時に、繰り出されるタルタロスの斬撃。

中和術式による斬撃は魔力障壁では防げない。

当然回避出来るような間合いでもなく、大魔剣も破壊された今、他に防御の手段はない。

「くっ！」

何とか後ろに跳んで躱すが、背後には巨大な塔の破片が積み上がっていた。

逃げ場は、ない。

「どうやらここまでのようですね！　ロイド！」

錬金術、特にゴーレムの研究はこれでも相当やりつくしたつもりだったが、それでもずっと研究を続けていたイドには敵わないか。

時間と情熱、適性もあったのだろう。この分野では俺より頭一つ上だと認めざるをえまい。

俺は諦めのため息を一つ落とした。

「仕方ない。本来の使い方でやるか」

「何をごちゃごちゃと――」

言いかけて、イドが動きを止める。

止めざるをえまい。何故ならその両手足には蔦《つた》が絡みつき、流砂と化した地面へと引き込まれようとしていたのだから。


「なん、ですか？　それは……⁉」

「何って、魔術だが？」

驚愕の声を発するイドに俺は返す。

だが俺の答えに納得がいかないようで、信じられないと言わんばかりの声を上げる。

「バカな！　いくら凄まじい程の魔力を持つロイドといえど、長い年月をかけ大量の術式を込めて作り上げた僕のタルタロスを捕えられるはずがない！」

「あぁ、そうだろうな。普通なら」

そう言って俺は、ディガーディアの両掌を開いてタルタロスに向ける。

両掌にそれぞれ開いていたのは口。

そこからは大量の呪文束が垂れ流されていた。

「■■■■■■■■■■■■■■■■■■■■■■■■」

「■■■■■■■■■■■■■■■■■■■■■■■■」

それを見てイドはすぐに気づいたようだ。

「儀式による大規模魔術の発現……！　そうか、これは……！」

「あぁ」

俺は頷き、言葉を続ける。

「俺の目指し辿り着いた最強のゴーレムの形。――それは祭壇なんだよ」

――祭壇とは、大小無数の魔術陣と多数の触媒、定められた手順、数十人規模の魔術師部隊、時には贄《にえ》を用いて大規模魔術を発動させる『場』である。

古くから神殿や王墓など、魔術的に優れた形状の建築物として存在しており、歴史の転換期にはこれらの祭壇を用いて様々な儀式が行われてきた。

それが大規模魔術。これは個人で扱う範疇を大きく超えており、祭壇を使い、数人の魔術師の手によって発動されるものだ。

もちろんそんな楽しそうなものに俺が興味を持たないはずもなく、以前からずっと試し

たいと思っていたのだが、それを行う為の手段がなかったのである。

俺の思い通りに動いてくれる何十人もの魔術師も、好きに使える広い場所も、魔術器具も、大規模魔術を試し撃ちする場所も。

だから俺はディガーディア本体に祭壇のシステムを埋め込む事にした。

竜を模した機体の形状にも、隅々まで書き込んだ術式にも、一見無意味に思える全てに意味はある。

俺の言葉と共に、両掌に搭載した音響機が予め込めておいた超長時間詠唱呪文を読み上げている。

「■■――」

自動再生された呪文束は収束し、俺の両手へと集まってくる。

「そして細部を俺様と――」

「私が補佐する」

グリモと術者《ジリエル》の手によって更に練り上げられた魔力束は螺旋を描き、唸りを上げながら俺の元に集まってくる。

……凄まじいまでの魔力量。普段の俺の使う魔力量を1とするなら、1000は軽く超えているだろうか。

まさに桁が違う。

これが魔術師数十人で使う大規模魔術か。面白いじゃないか、うんうん。


「く、くそっ！　外れない……っ！」


懸命にもがくタルタロスだが、微動だにしていない。

現在、タルタロスの動きを封じているのは地系統大規模魔術『重縛陣』。

砂、沼、樹——地系統の中でもとりわけ捕縛効果の高い要素を重ねた結界だ。

伸びた蔦がタルタロスを捕らえ、岩盤を砕いて底無し沼と化した大地に飲み込んでいく。

「げへへ、無駄無駄ぁ！　巨人の軍勢すらも絡め取る大規模魔術だぜ？」

「その通りです。たかだかゴーレム風情に逃げ出す手段はありません！」

何故か勝ち誇っているグリモとジリエル。

「こんなもので……僕のタルタロスが……ぐっ、負けて、たまるかぁぁぁぁっ！」

イドの叫びに応えるようにタルタロスの装甲が開き、ブースターが火を噴く。

ぐらぐらと機体を揺らし蔦を引きちぎりながら、上昇していく。

「おおっ、すごいパワーだな！　だったらこれはどう対応する？」

チューナーを回して術式を切り替える。

雷系統大規模魔術『黒王雷』。

漆黒の雷が天より降り注ぎ、タルタロスを焼く。

「が、ぁ……!?」

蔦ごと焼き払われながら、堕ちていくタルタロス。

風と火の二重詠唱で発動する雷系統大規模魔術、この『黒王雷』は威力に特化したもので凝縮した炎は大気すらも焼き焦がす。

故に、黒き雷。

「どんどんいくぞ。『風神威』」

かつて大陸の外より攻めて来た船団を沈めたと伝えられる大規模魔術。

瞬く間に生まれた嵐がタルタロスを飲み込み、渦中の木の葉のように錐揉み回転させていく。

「更に……『水穿龍《すいせんりゅう》』」

上空高くまで持ち上げられていたタルタロス、その真上に集めた水塊が一気に降り注ぐ。

滝のように流れ落ちる大量の水は遠目から見ると空から降る龍の如くだ。

轟音と共に地面に叩きつけられたタルタロスは、地面に大穴を穿つ。

「こいつはとんでもねぇな……大規模魔術はそれ自体が戦略級の破壊力を持つもんだが、並の魔術師を集めてもここまでの威力はでやしねぇぜ」

「まさに天災、我らが主神の起こす神の奇跡にも近しき力です。流石と言う他ありませんね」

二人が感心している中、穴の淵《ふち》が崩れ落ちる。

その隙間からタルタロスが登ってくるのが見えた。

なんと、あれだけの攻撃を受けてまだ壊れてないのか。素晴らしい。

「ぐ……うぅ……っ！　ま、まだだ……まだ僕は……！」

苦悶《くもん》の声を漏らしながらも立ち上がり、構えるタルタロス。

いいねいいね、楽しいね。

折角大規模魔術が使えるのだし、もっといろいろ試してみたい。どんどんあがいてくれて結構だ。

「じゃあもう少し強めでいくよ――」

術式を切り替え、ギアを更に一段上げる。

音響機から発する呪文束の密度が上昇し、機体が悲鳴を上げ始めた。

「ぐ、ぐおっ⁉　一気に負荷がかかってきやがった⁉　なんちゅう密度の呪文束だ！　纏めるだけでギリギリだぜ……っ⁉」

「片手分だけでも凄まじい質量だ……くっ、しかし魔人如きに出来てこの私に出来ぬはずがありません……っ！」

二人がブツブツ言いながらも練り上げた魔力は、はち切れんばかりに膨れ上がり、俺へと流れ込んでくる。

その膨大な魔力を数万を超える術式にて効率よく整え、流し、圧縮し、紡ぎ上げていく。

まるで大河のような魔力流量、それを一点に集める。

うっ、流石に重いな。少しでも気を抜くと持っていかれそうだ。

だがこれだけの魔力を使った大規模魔術、どんな凄いことが起こるのだろう。

期待に胸を高鳴らせながら練り上げた超々大術式が、成る。


「星系統大規模魔術『天星衝』」


——轟、と空が唸る。

黒雲立ち込める空に、いつの間にか朱の色が差していた。

それは徐々に明るさを増していき、次第に熱量を放ち始める。

「な——」

イドの間の抜けた声が漏れる。

空を見上げるタルタロスの視線の先には煌々と光る紅い球体が見えていた。

「な、なんだこりゃあ⁉ ロイド様、一体何をしたんですかい⁉」

「この魔術……まさか伝承にある星墜《お》としですか？」

今、空から落ちてきているのはここより遥か上空を漂う星の一つ。

その星を超高々度から燃え尽きながら落下させ、敵に直撃させるのがこの『天星衝』だ。

かつてその一撃が国を滅ぼしたと伝えられている赤き星が、もうそこまで見えていた。

「ご、五重結界っ！」

タルタロスの上方に分厚い物理結界が生まれるが、それは触れた瞬間に砕け散り、一秒すらも落下速度を緩めることは出来ない。

——そして、光が地に接した。

ごごごごごご、と地鳴りが大きくなっていく。

星の一撃にて空は裂け、大地は捲《めく》れ上がり、地平は赤く染まっていた。

「や、やばい。やばすぎるぜ……何だこりゃあ……魔王の鉄槌《てっつい》か何かじゃねぇのか⁉」

「とてつもない破壊力……まるで黙示録を思わせるような大規模魔術です……！　恐るべしロイド様……！」

呆然としていた二人だが、すぐに何かに気づいたように息を飲む。

「ロイド様！　もしかしてここも巻き込まれちまうんじゃねーですかい⁉」

「衝撃波が近づいてきています！　すぐに退避を！」

「いや、必要ないよ」

二人の言葉に首を振り、すぐそこに迫る衝撃波に向けて指先をかざす。

破壊の痕跡は全く動いておらず、途中でぴたりと止まっていた。

「大規模魔術の破壊力は想定内、故に俺はもう一つの大規模結界魔術『絶天蓋』を展開している」

次元断層を生み出すこの結界は、遥か古代にて幾つもの国を滅ぼした大噴火すらも防ぎ切ったと言われており、通常の結界には存在する許容量というものが、ない。

あらゆる物理干渉を遮断するこの結界を衝突地点の直径300メートルに張り巡らせたことで、こちら側にはそよ風一つすら届かない。


「おお……確かに衝撃波が途中で止まってやすね」

「しかし中は悲惨なものだ。結界内にいたイドはもはや生きてはいないでしょう」

「あー、そっちも大丈夫」


足元に視線を向けると、そこには俺そっくりな少年、イドが転がっていた。

「うおっ！　イドの野郎じゃねーですか！　何でここに⁉」

「気を失っている……空間転移で引き寄せたのですか？」

「うん、空間転移は俺との濃い繋がりが必要だが、イドは俺の作ったホムンクルスだからね。パスは十分通っている。先刻までは反目の意思があったから無理だったけど、今は気を失っているから無理矢理連れてこられるんだ」

そんな会話をしていると、イドがゆっくりと目を開ける。

◇◇◇

「……ぅ」

どうやら意識がもどったようだ。

イドは俺に気づくと、目を丸くした。

「ロ、イド……！　何故、君が……？　ここ、は……？」

「目が覚めたか？　ここはディガーディアの中だよ」

呆然としていたイドだったが、俺の言葉に息を飲んだ。

「助けたと、いうのか……僕を……」

「うん、勝負はついたし、命まで奪う必要はないだろ？」

というか、イド程の知識がある者を殺すのは惜しい。

錬金術に関してはきっと俺よりも上だろうし、その関連で聞きたいことはいくらでもあるからな。うんうん。

「余計な、事を……！」

だがイドは恨みがましく俺を睨みつける。

「誰が助けてくれと頼んだ！　僕にそんな価値はないのに！　どうしてまた、僕を生かす……！」

涙を浮かべながら声を張るイドに、グリモとジリエルが尋ねる。

「またってのはどういう意味だよ？」

「あなたとロイド様の過去、語って貰えますね？」

「……えぇ」

二人の問いに頷くと、イドはぽつりぽつりと語り始めた。

「ホムンクルスとしてロイドに作られた僕は、育児用のゴーレムたちに育てられました」

そういえばそんなの作ったなぁ。

赤子を育てるのは手がかかるので、子育て用ゴーレムを何体か作ったのである。

水や食料を与えたり排泄物《はいせつぶつ》を掃除したりだけでなく、あやしたり学習させたり、遊び相手までこなしてくれるという便利なものだ。

ホムンクルスとセットで作ったのだ。さすが俺、準備がいい。

「人任せというかゴーレム任せというか……ロイド様、自分で蒔《ま》いた種なんだからよ。面倒でも自分で育てるべきだと思いやすぜ」

「私はむしろ感心いたしました。ちゃんと面倒を見ていたなんて見直しましたよ。ロイド様！」

ジリエルがフォローを入れるが、それって逆に馬鹿にしてないか？　不本意である。

「それ自体は何の問題もありません。ゴーレムたちに育てられていた日々は僕にとって幸せなものでしたから。……しかしある時を境に一転、ロイドは急激に僕を構い始めるようになる。最強魔術師育成計画……そう銘打って僕に魔術を教え始めたんですよ」

◇◇◇

四年前、サルーム王城の地下にロイドが作った錬金術研究所にて、イドは本を読んでいた。

山と積まれた書物の各頁《ページ》には付箋がびっしりと貼られ、空いたスペースにはそれらをまとめるノートが置かれている。

何日も碌に寝ていないのかイドの目は真っ赤に充血しており、時折頭をフラつかせていた。

現在、イドはロイドの『最強魔術師育成計画』に則って基礎となる知識を詰め込んでいる最中であった。

そう、基礎。基礎とは前提であり根幹、これから積み上げる魔術の礎となるもの。

目標の高さに応じた知識、技術が必要になる為、その必要量も半端ではない。

これらの書物はロイドが城から少しずつ借りてきたもので、それを順次イドに学ばせていたのだ。

疲労困憊《こんぱい》といった表情のイド、その足元では世話係の小型ゴーレムたちが心配そうに見上げたり、栄養ドリンクを運んだりしている。

「……あぁ、大丈夫だよ。何てことはないとも」

そう言ってイドはゴーレムたちを安心させるべく笑う。

「これだけ手をかけてくれるっていうことは、ロイドは僕にそれだけ期待しているんだよ。ホムンクルスの使命は主の期待に応えること。だから大丈夫、これくらいはこなしてみせるさ」

力こぶを作ってみせるイドだが、その弱々しさにゴーレムたちは顔を見合わせる。

「やぁ！　捗ってるかい？」

そんな中、扉を開けて現れたのはロイドだ。

両手に抱えた大量の書物を机の上にドサッと置いた。

「こ、これは……？」

「続きだよ。そろそろ終わっただろうと思ってね。気が利くだろう？」

満面の笑みを浮かべるロイドは、イドの引き攣《つ》った顔に気づいてすらいない。

先日イドに渡された書物はそろそろ終わるどころか、まだ半分も終わっていなかった。

「大丈夫……大丈夫……」

ブツブツ呟くイドの背中をゴーレムたちが心配そうに見つめていた。

そんな日が続いたある日のことである。

一冊の本がイドの目に留まった。

明らかに他よりも難易度が高い本、というかジャンルすら違って見えた。

恐らく間違えて持ってきてしまったのであろう。隣で読書しているロイドに返そうとして、ふと思う。

この本に書かれている術式問、主であるロイドですら易々とは解けないのではないかと。

そう考えたイドは本をパラパラとめくり、一番難しそうな術式問を探し出す。

「……よし、これなんか良さそうだな」

イドからすると何がどうなっているのかすらわからない難問、それをロイドの前に差し出した。

「あの、この問題がわからないのですが……」

さぁ答えられまい。いや、よしんばわかったとしても適当に本を持ってきたことへの謝罪を聞けるかもしれない。

そうすれば少しは心も晴れるというものだ。そう内心ほくそ笑むイドの前でロイドはぁあと頷いた。

「これはな、ファーゲルの第四公式を使うんだよ。それをこれこれこうして……うん、術式が見えてきた。あとは書かれている数値をインザ連立方程式に当て嵌《は》めればいいのさ。あとは計算で紐《ひも》解いていくだけで……な？　意外と簡単だろう？」

だがイドの企みとは裏腹に、ロイドは術式をこともなげに解いてしまう。

そして目の前で解かれる様子を見ていたにもかかわらず、イドには何が起きたのか理解できなかった。

理解力が、次元が違いすぎると思った。

そしてこの人の期待には絶対に応えられないとも。

「……お暇を頂けませんか？」

「ん？　どういうことだ？」

「僕にはあなたの期待するような魔術師になるのは無理だ。幾らあなたのホムンクルスでも、あなたにはなれない……！」

肉体が同じでも宿った精神があまりに違い過ぎた。

片やただ好きでひたすらに学び、気づけば極めていた者。

片や言われて始め、主の為に学ぶ者。──両者の意識の差は埋まるはずもない。

「何言ってるんだ。やってみないとわからないだろう」

「わかりますよ。わかってしまったんだ。だからこれ以上僕にかまけてあなたの時間を浪費しないで下さい。もう出来損ないの僕のことは忘れて──」

◇◇◇

「あ、それだ！」

そう言ってぽんと手を打つ。

「なるほどなるほど、俺がイドを忘れていた理由がようやくわかったよ。イドのことを忘れようと『忘却』を使ったんだ」

——精神系統魔術『忘却』、これは自身の記憶を一部消去する魔術だ。

それを使ってイドの存在を記憶から抹消していたのである。

「『忘却』……た、確かに忘れてくれと言ったかもしれないけれども……」

「俺は一旦始めたことを途中で止めに出来るような性格じゃないからな」

昔からそうなのだ。気になったことには多少倫理的に問題があろうが突っ込んでいくし、それで死にかけても全く懲りない性格なのである。

そんな俺がイドのことを忘れられるはずがない。きっと何かの拍子に思い出してしまうだろう。

故に俺は『忘却』を使い、イドの記憶を完全に抹消したのである。

「自分自身の記憶を消すとは、奇妙な魔術があるもんですな」

「人は記憶に縛られるもの、それによって自死する者すらいる程ですからね」

グリモとジリエルは不思議がっているが、意外と使いどころは多いのだ。

魔術師たちは世のしがらみから抜け出し魔術の研究に没頭する為、不要な記憶を整理する際に使うとか。

ちなみに俺は解くのが面白い術式なんかを『忘却』を使って敢えて忘れ、もう一度新たに解き直したりするのに使ってたな。意味はないが結構楽しい。

城から出られず楽しみが少なかった頃は世話になったものである。

「そうか。それで僕の記憶がなかったのか。……ふふ、よかったですよ。だったら今回も失望することはなかったでしょう。頼み通り、僕への期待は完全になくしてくれていたのですからね」

「それは違うぞ。イド」

自嘲するイドに、俺は首を横に振る。

「俺が記憶を消したのは、お前の成長をより楽しみにする為だ。中途半端に少しずつ成長する様を見守るより、何年か経って大きく成長したのを見た方がより感動が大きいだろう？」

我ながらいいアイデアだと思ったものだ。うんうん。

もちろん俺の作った研究所では限界があるだろうし、それなりに使えそうな本は予め渡しておいたけどな。

「ふふ、ロイドらしいね。……ともあれ僕は旅に出た。魔術ではあなたの期待に応えられなくても、得意の錬金術ならと思ったからだ。そしてこの国に辿り着いた僕は錬金術の研究に明け暮れた。今度こそ僕の存在理由を証明できると思ったから……でも、今度もダメだった」

イドの瞳から涙が溢れる。

「これ以上僕の存在する理由はない。さぁ僕のことを壊してください。あなたの期待に応えられなかった愚かなホムンクルスを――」

「チッ、くだらねーことでメソメソしやがって」

イドの言葉を遮ったのはグリモだ。

俺の手から姿を現すと、イドを見下ろした。

「黙って聞いてりゃガタガタと抜かしやがるじゃねーか！　相当甘やかされて育ったようだな、お坊ちゃんよぉ！」

「な、何だと……⁉　どういう意味だ！」

「言葉通りだよ！　生まれてきた意味だぁ？　生きる目的だぁ？　存在する理由だぁぁ？　ったく随分と贅沢《ぜいたく》な悩みじゃねーか。世の中にはそんな事を思う暇すらなく死んでいく奴らが腐るほどいるっつーのによ！」

グリモは苛立ちを隠そうともせず、言葉を続ける。

「俺のいた魔界では弱者の命に価値なんて微塵もなかった。だがどいつもこいつも毎日必死で生きていたよ。生まれてきた意味なんてくだらねぇことを考えられる余裕があること自体、恵まれている証拠なんだよ！」

「その魔人の言う通りです。大体、富める人間とて悩みがないわけではありません。ロイド様とて王家の第七王子、兄弟間や家のいざこざなど色々なことがあったはず。ですが今はそんなことはおくびにも出さずに力強く生きておられる。きっと君が思うよりもずっと苦労したはずですよ」

ジリエルもまた、イドを諭す。

「……確かにそうだ。王族であるロイドは僕なんかとは比べものにならない程、自分の生きる理由、存在価値、そんなことを考えねばならなかっただろう。なんで僕はそれを自分だけだと思っていたんだ……？」

何やらブツブツ言い始めるイド。

イドの目は更に輝きを増していた。

「そうだ。旅先で他の王侯貴族も見てきたが、長男次男以外の扱いなんて酷いもの。やる気をなくして自堕落に過ごしたり、人の道を踏み外し犯罪者に身を落としたり、腐っていく者は多くいた。しかしロイドは第七王子という恵まれない生まれにもかかわらず、王家としての務めを果たし、尚且つ魔術師として皆に頼られる存在となっている。そしてそれを何とも思っちゃあいない。……ふふ、自分の生まれを嘆き、親に構って欲しいと駄々をこねる赤子のような僕とはえらい違いだな」

またもブツブツ言っていたかと思うと、イドはまっすぐに俺を見つめてきた。

「……どうやら僕はあなたを誤解していたようだ」

何だろう。よくわからないがすごい誤解を受けている気がする。

先刻まで虚ろだったイドの目は輝きを増していた。

「僕はどうやらまだまだだったようです。ふふ、こんなザマではあなたに勝てなかったのも当然だ。僕の完敗です」

そうブツブツ呟きながら、イドはゆっくり目を閉じる。

その顔は憑き物が落ちたように安らかであった。

◇◇◇

「おー、すごい建物だなぁ」

サルーム王国敷地内にある大広場、かつてそこにあったゼロフのラボは改築され、以前とは比べものにならないほど大きく立派になっていた。

見上げる程の高さとなった白塗りの建物は城と比べても遜色ないほどで、中には様々な実験器具に加えてゴーレムもすっぽり入れられる地下格納庫もある。

もちろん研究の為に潤沢な資金も回されているという大盤振る舞いだ。

「ゼロフ兄君の新たなラボですね。ゴーレムファイトで優勝した実績が認められたんでしたか」

「うん、父上もかなり評価しているらしいよ」

以前はゼロフの研究にはそこまで資金を回されておらず、大規模な研究ができないといつもぼやいていたそうだが、今回の功績で設備と資金面で色々とやりやすくなったらしい。

何せディガーディアの建造資金はほぼアルベルトの資産から出ており、足が出た部分は俺やディアンが補ってようやく完成した程だからな。

「とてもよろこんでおられましたね」

「おっと、噂をすれば兄君殿の登場ですぜ」

ラボからのしのしと出てくるゼロフ。

その姿は以前とすっかり様変わりしており、痩せこけた顔はふっくらと、目の下のクマもなくなりとても健康的になっていた。

こちらに歩いてくるゼロフに声をかける。

「こんにちはゼロフ兄さん。立派なラボが建ちましたね」

「あぁ、お前のおかげだよ。ありがとうロイド」

「いえいえ、皆が頑張ったからですよ。俺の力なんてちっぽけなものです」

「吾輩はそうは思わんが……ふむ、お前がそう言うならそういう事にしておくか」

ゼロフはどこか嬉しそうに口元に笑みを浮かべている。

……どうも以前と印象が違うな。やはり体形のせいだろうか。

「それにしてもゼロフ兄さん。随分こう、恰幅《かっぷく》がよくなりましたね？」

「む、まぁな……仕方があるまい。あいつらが際限なく食事に誘ってくるのだからな」

ゼロフが視線をやった先、ラボの横で数人の男女が立食パーティをしている。

彼らは大会にいた錬金術師ばかりで、その中の一人、ひときわ目立つ格好をした男――ルゴールがウインクをしてきた。

タルタロスにゴーレムを破壊された彼らは、その修繕の為にこのサルーム王国に押しかけてきたのである。

場所は近いし設備はあるし……というのもあるが、本音はゼロフと話がしたかったのだろうな。

何せ大会優勝者なのだ。聞きたいことは山ほどあるだろう。毎日のようにパーティを開き、ゼロフから色々な話を聞きだしていた。

それだけでは飽き足らず、何故か俺まで色々聞かれたものである。

もちろん一方的なものではなく、他国のゴーレムについても教えてもらっていた。情報交換というやつである。

そんな毎日を送り続けた結果、ゼロフもこのように丸々太ってしまったというわけだ。

「いよーぅゼロフ、こっち来てウチのソーセージ食ってみないか？　美味いぞー！」

「すぐ行くよ。……全く仕方ない奴らさ。ではなロイド。また後で」

「はい」

仕方ないなどと言いつつも、ゼロフの表情は以前と異なりとても柔らかくなっていた。

「しかし変わりやしたねぇ、あの根暗の兄君殿があんな明るい顔を見せるとはよ」

「えぇ、以前はあぁいった輪には、けして入ろうとしませんでしたのに」

二人の言う通り、人嫌いだったゼロフだが今では新たな友人たちと楽しげに談笑している。

あの大会で最初は声援にも応えられなかったゼロフだが、試合が進むにつれ少しは応じられるようになり、タルタロスが襲ってきた際は街の人を守る為に戦いに赴く程だった。

元々人との絡み方に慣れていなかっただけらしいし、それさえ直れば趣味嗜好の合う相手と仲良くなるのも問題はないといったところか。

「おい見ろよ天使。兄君殿、女に話しかけられてよぉ。ひひひ、嬉しそうにしてるぜ」

「趣味が悪いぞ魔人。……だが確かに、いい顔をしていますね」

下卑た笑いを浮かべるグリモをジリエルが窘《たしな》める。

ともあれゼロフが他国の錬金術師たちと仲良くなって情報交換が進めば、今度はもっとすごいゴーレムが作れるかもしれない。

俺のディガーディアと違う、本来の意味での最強のゴーレムとか。是非期待したいところだな。うんうん。

「変わったと言えばよぅロイド様、あの坊主はどんな感じですかい？」

「相変わらず、元気に働いているよ」

あの後、イドは自分の未熟さを知り、初心に返ってもう一度やり直したいと言ってきた。

ならばとばかりに俺はイドをロードストへ連れていき、ギタンら生体研究チームに協力させているのだ。

生体ゴーレムを作った知識をもってすれば、彼らの身体を元に戻すのも可能かもしれないからな。

真面目な性格しているからな。ギタンたちとは結構話が合うようだ。

「確かに、あの後すぐに大量の建築型ゴーレムを派遣して、破壊した街も数日で元通りにしやがりましたからねぇ」

「恐らく戦闘前には準備していたのでしょう。あれだけ暴れつつも後のことを考えていたとは恐れ入る」

そのうえ驚いたことに件の騒ぎでの死者はゼロ。

怪我したのは逃げようとして転んだり、我先にと押し合って倒れたりした者たちばかりだった。

「相当念入りに準備していたようですね。ロイド様と相対するならその程度当然でしょうが」

「へへ、だがいい子ちゃん過ぎますな。どっかで殻を破らねぇと、そのままじゃあロイド様には一生勝てないでしょうぜ」

「――かもね」

不意に、俺の背後で声がした。

振り向くとそこにいたのは白衣を纏い丸メガネをかけた少年――イド。

「げぇっ⁉　い、イド⁉」

「ロードストにいるはず……にもかかわらず何故ここに⁉　というか今のは空間転移、ですか……？」

驚く二人を見て、イドは可笑しそうに笑う。

前髪をピンで留め、一見俺とは違った姿に見える。

「ロイドに教えてもらったんですよ。今更独力でロイドを超えるのは難しい。ならばもう素直に聞いたほうが早いと思ってね」

それを聞いたグリモとジリエルが信じられないといった顔をする。

「なんと……よろしいんですかいロイド様？　先日まで反目していた奴ですぜ？」

「空間転移はロイド様の魔術の中でも虎の子の一つ、言うまでもなく悪用し放題です。そんなものを易々と教えてよいのでしょうか？」

「あぁ、特に問題はないよ」

自分とパスの繋がっている場所にしか行けないし、イドが執着しているのは俺だけだろうからな。

真面目な奴だし悪用もしないだろう。

それに万が一何かが起こった場合には、俺が防げばいいだけである。

……というのは建前で、空間転移を教えておけば俺が必要なものをいつでもイドに持って来させることが出来るからだ。

わざわざ俺から赴く必要もないし、研究に専念できるというものである。

「くはっ！　問題ねーと来たか。いつ何処で襲われようと『問題ない』かよ。大した自信だぜ全くよ」

「空間転移を教えたのはイドへの警告でもあるのでしょうね。自分以外に手を出すな、という事でしょう」

二人が何やらブツブツ言っている。

それを見てイドはくすくすと微笑を浮かべた。

「もちろん、それらの思惑は僕も理解しています。ですがそんなちっぽけな拘りよりも、自身の成長の方が重要だ。利用出来るものは利用させてもらいますよ。……ロイド、まだまだ僕と君の力の差は天と地ほどあるだろう。だがいつか必ず君と並び立ってみせる。その時は……いや、何でもないよ。それじゃあね」

イドは言いかけた言葉を呑み込んで俺に背を向けると、ゼロフたちの元へ行き、錬金術についての話を始めた。

すっかり溶け込んで楽しそうにしている。

「……あいつ、少し変わりやしたね」

「えぇ、ロイド様のみならず兄君からも技術を取り入れようとしているようです。利用出来るものは何でも利用する、というのは本気のようですね。次に挑んでくる時は相当の力をつけているでしょう」

「あれだけロイド様に食い下がりやがったんだ。次はロイド様でも危ないかもしれやせんぜ」

二人がゴクリと息を飲む。

確かに二人の言う通り。

あれだけのゴーレムを作ったイドが更なる研鑽を積めば、次は俺でも勝てるかどうかはわからない。

負ける、という可能性も十分にあるだろう。

だからこそ、楽しみだ。

次はどんなことをしてくるのだろう？

錬金術のみに頼らず魔術は当然応用してくるとして、空間転移も組み込んできて欲しいところだ。

俺や他の者たちから得た知識を総動員し、とんでもないことをしてくるに違いない。

だとしたら教え甲斐もあるってものだ。

まったくもって今から楽しみで仕方ない。

「笑ってやがる、か……へっ、心配するだけ無駄だった。何でもこいって顔してやがるぜ」

「ロイド様にとっては強敵の登場はむしろ望むべきところなのでしょうね。我々とは器が違いすぎる。流石はロイド様です」

二人が何やらブツブツ言っているのを聞きながら、俺はその場を後にするのだった。

◇◇◇

バートラム王国の北部にある宮殿。中に入ると真っ赤な絨毯《じゅうたん》の敷かれた長い、長い通路があり、その先には玉座がある。

そこに座っているのは美しき女王、シルビア。

まるで氷のように無表情なことから氷の女王と呼ばれている人物で、前に立つだけで圧迫感を感じる程だ。

「よくぞ来て下さいました。サルームの王子たち。歓迎いたします」

歓迎する気など微塵も感じない冷たい声に、俺と傍にいたアルベルトは膝を突く。

数日前、俺の元にバートラムからの使者が来た。

曰《いわ》く、都合の良い日でいいので王宮に来て欲しい、とのことだ。

突然の使者に慌てる俺を心配したアルベルトが付いてきてくれたのである。

持つべきものは頼れる兄だ。

しかし何故、俺を呼びつけたのだろうか。

……いや、心当たりは山ほどあるが。


やはり大規模魔術で街を破壊したのがよくなかったか？

はたまた街で暴れたイドを匿っているのを知られた？

あるいは禁忌とされているホムンクルスの生成が明るみに出たという線も……うーん、どれだろう。ていうかどれだとしてもヤバいよな。

まさか全部バレたってことはないと思うが……戦々恐々としている俺をシルビアが切れ長の目でじっと見てくる。

射抜かれるような鋭い視線、まるで全てを見透かされているようだ。

「……ロイド＝ディ＝サルーム。あなたはとんでもないことをしてくれましたね」

そう言って大きくため息を吐くシルビア。

うぐっ、やはり何かやらかしてしまったか。

観念する俺に、シルビアが何か言おうとした瞬間である。

「お待ち下さい」

アルベルトが一歩前に出て、口を挟む。

シルビアの鋭い視線にひるむことなく言葉を続ける。

「それ以上の話をするにはロイドはまだあまりに幼い。ここは僕の顔に免じて勘弁してはもらえないでしょうか？」

「……ふむ、サルーム一の切れ者であるそなたにそこまで言わしめるとは……私の目も節穴ではなかったということでしょうか？」

「お戯れを……シルビア女王陛下の目をごまかせるとは思っておりません」

「まぁ、そうでしょうね。でなければ忙しいそなたがこんな所にいるはずがありません」

二人は何やら明言を避けるように話をしている。

一体何を言っているのだろうか。きっと庇《かば》ってくれているのだろうが……

「とはいえここまで派手にやるつもりはなかったのですが。はははは」

「そなたの想定をもはるかに超える規格外、ということでしょうか。ふふふふ」

かと思えば何やら楽しげに笑い始めたぞ。

よくわからないが思った以上のやらかしをしたのかもしれない。

これ以上話を聞くのが恐ろしくなってきた。

こういう時は他のことを考えて意識をそらすべきだろう。……現実逃避とも言うが。

「やはりシルビア女王の目的はロイドの引き抜きか。留学などの形をとって、様々な研究機関で技術開発をさせるつもりなのだろう。きっと条件は相当いいのだろうが、ロイドを貸し与えるのとは到底釣り合うまい。やれやれ、来て良かったよ。なんだかんだ言ってもロイドは子供、このまま取り込まれる可能性は大いにあったからね」

「今年の錬金大祭、特にゴーレムファイトは例年の何倍もレベルが高かった。にもかかわらず圧倒的強さで勝利し、あまつさえあの巨大ゴーレムをも倒す実力派。……技術立国である我が国としては是非欲しい人材。故にどうにかして口説き落としてその腕、存分に我が国で揮《ふる》って貰いたいと思いましたが……やはりそう簡単にはいきませんか。サルーム王が第七王子の出来の良さを言い回っていたのは知っていましたが、確かに恐るべき子です。とても残念ですが、自国から出さないのも仕方ないことですね」

二人は真剣な面持ちで何やらブツブツ言っている。

いまいちよく聞こえないが、高度な情報戦をしているに違いない。

まったく、アルベルトが来てくれてよかったよ。

俺はこういう政治的なやり取りはわからないからな。

とりあえず愛想笑いでも浮かべておこう。はは、はははは。

◇◇◇

「ふぅ、何とか事なきを得たな」

王宮を後にしながら、アルベルトが息を吐く。

「ありがとうございましたアルベルト兄さん。僕一人ではどうなっていた事やら……」

「なに、気にすることはないよ。僕の為にやったことでもあるのだからね」

本当に気にする様子もなく、爽やかに笑うアルベルト。

性格までイケメンだ。持つべきものは出来た兄である。

「それにしても今回の錬金大祭で我が国の技術力を他国に見せつけて牽制《けんせい》する予定だったが、予定していたよりはるかに大きな効果を上げたな。ゴーレムファイトに優勝したことで注目を集め、他国の錬金術師たちまでもが技術研修の名目で我が国に入ってきたし、父上もかなりの予算を出してくれた。シルビア女王にまで目を付けられたのは想定外だったが……副産物としてゼロフの性格もかなり改善したし、謎の巨大ゴーレムと戦ったおかげでディガーディアの機体上限値も知れた。本当に想定以上の結果だったな。これもロイドのおかげだな。全く、持つべきものは出来た弟だよ」

アルベルトがブツブツと呟きながら、歩き始める。

あ、ちょっと速いって。

俺とは足の長さが違うんだぞ。

「待ってくださいよーアルベルト兄さん！」

「ふふ、追いつけたらアイスクリームを買ってあげよう」

「本当ですかっ⁉」

「兄に二言はないとも。さぁ追いついてみるがいい。はっはっは」

爽やかに笑うアルベルトの背中を、俺は駆け足で追いかける。

長く伸びた二つの影が重なったのは、そのすぐ後のことであった。

講談社ラノベ文庫

転生《てんせい》したら第七王子《だいななおうじ》だったので、気《き》ままに魔術《まじゅつ》を極《きわ》めます4

謙虚《けんきょ》なサークル

2021年9月29日第1刷発行

発行者	森田浩章
発行所	株式会社　講談社 〒112-8001 東京都文京区音羽2-12-21
電話	出版　(03)5395-3715 販売　(03)5395-3608 業務　(03)5395-3603
デザイン	AFTERGLOW
本文データ制作	講談社デジタル製作
印刷所	豊国印刷株式会社
製本所	株式会社フォーネット社

KODANSHA

落丁本・乱丁本は購入書店名を明記のうえ、小社業務あてにお送りください。送料は小社負担にてお取り替えいたします。なお、この本の内容についてのお問い合わせはラノベ文庫あてにお願いいたします。

ISBN978-4-06-525020-4　N.D.C.913　263p　15㎝
定価はカバーに表示してあります